a Imensidão Íntima dos Carneiros

Marcelo Maluf

a Imensidão Íntima dos Carneiros

Rio de Janeiro, 2023

A Imensidão Íntima dos Carneiros

Copyright © 2023 *by* Marcelo Maluf
Copyright © 2023 da Starlin Alta Editora e Consultoria Eireli.
ISBN: 978-65-81275-46-4

Impresso no Brasil — 1ª Edição, 2023 — Edição revisada conforme o Acordo Ortográfico da Língua Portuguesa de 2009.

Dados Internacionais de Catalogação na Publicação (CIP) de acordo com ISBD

M261i Maluf, Marcelo
         A imensidão íntima dos Carneiros / Marcelo Maluf. - 2. ed. - Rio de Janeiro : Alta Books, 2023.
         144 p. ; 13,7cm x 21cm.

         ISBN: 978-65-81275-46-4

         1. Literatura brasileira. 2. Romance. I. Título.

                                                    CDD 869.89923
2023-942   CDU 821.134.3(81)-31

Elaborado por Odílio Hilario Moreira Junior - CRB-8/9949

Índice para catálogo sistemático:
1. Literatura brasileira : Romance 869.89923
2. Literatura brasileira : Romance 821.134.3(81)-31

Todos os direitos estão reservados e protegidos por Lei. Nenhuma parte deste livro, sem autorização prévia por escrito da editora, poderá ser reproduzida ou transmitida. A violação dos Direitos Autorais é crime estabelecido na Lei nº 9.610/98 e com punição de acordo com o artigo 184 do Código Penal.

A editora não se responsabiliza pelo conteúdo da obra, formulada exclusivamente pelo(s) autor(es).

Marcas Registradas: Todos os termos mencionados e reconhecidos como Marca Registrada e/ou Comercial são de responsabilidade de seus proprietários. A editora informa não estar associada a nenhum produto e/ou fornecedor apresentado no livro.

Erratas e arquivos de apoio: No site da editora relatamos, com a devida correção, qualquer erro encontrado em nossos livros, bem como disponibilizamos arquivos de apoio se aplicáveis à obra em questão.

Acesse o site **www.altabooks.com.br** e procure pelo título do livro desejado para ter acesso às erratas, aos arquivos de apoio e/ou a outros conteúdos aplicáveis à obra.

Suporte Técnico: A obra é comercializada na forma em que está, sem direito a suporte técnico ou orientação pessoal/exclusiva ao leitor.

A editora não se responsabiliza pela manutenção, atualização e idioma dos sites referidos pelos autores nesta obra.

Produção Editorial
Grupo Editorial Alta Books

Diretor Editorial
Anderson Vieira
anderson.vieira@altabooks.com.br

Editor
Ibraíma Tavares
ibraima@alaude.com.br
Rodrigo Faria
rodrigo.fariaesilva@altabooks.com.br

Vendas ao Governo
Cristiane Mutũs
crismutus@alaude.com.br

Gerência Comercial
Claudio Lima
claudio@altabooks.com.br

Gerência Marketing
Andréa Guatiello
andrea@altabooks.com.br

Coordenação Comercial
Thiago Biaggi

Coordenação de Eventos
Viviane Paiva
comercial@altabooks.com.br

Coordenação ADM/Finc.
Solange Souza

Coordenação Logística
Waldir Rodrigues

Gestão de Pessoas
Jairo Araújo

Direitos Autorais
Raquel Porto
rights@altabooks.com.br

Assistente Editorial
Milena Soares

Produtores Editoriais
Illysabelle Trajano
Maria de Lourdes Borges
Paulo Gomes
Thales Silva
Thiê Alves

Equipe Comercial
Adenir Gomes
Ana Carolina Marinho
Ana Claudia Lima
Daiana Costa
Everson Sete
Kaique Luiz
Luana Santos
Maira Conceição
Natasha Sales

Equipe Editorial
Ana Clara Tambasco
Andreza Moraes
Arthur Candreva
Beatriz de Assis
Beatriz Frohe
Betânia Santos
Brenda Rodrigues
Caroline David
Erick Brandão
Elton Manhães
Fernanda Teixeira
Gabriela Paiva
Henrique Waldez
Karolayne Alves
Kelry Oliveira
Lorrahn Candido
Luana Maura
Marcelli Ferreira
Mariana Portugal
Matheus Mello
Patricia Silvestre
Viviane Corrêa
Yasmin Sayonara

Marketing Editorial
Amanda Mucci
Guilherme Nunes
Livia Carvalho
Pedro Guimarães
Thiago Brito

Atuaram na edição desta obra:

Revisão Gramatical
Alessandro Thomé
Denise Himpel

Diagramação
Rita Motta

Capa
Marcelli Ferreira

Editora afiliada à:

Rua Viúva Cláudio, 291 — Bairro Industrial do Jacaré
CEP: 20.970-031 — Rio de Janeiro (RJ)
Tels.: (21) 3278-8069 / 3278-8419
www.altabooks.com.br — altabooks@altabooks.com.br
Ouvidoria: ouvidoria@altabooks.com.br

ALTA BOOKS
GRUPO EDITORIAL

Para Khnum.
Para o Cristo.

Para os meus ancestrais, os carneiros.

Para Daniela.
Para aqueles que vieram e aqui ficaram.

À memória de meu pai e minha mãe.
"E o verbo se fez carne
e habitou entre nós."

(Evangelho segundo João, 1,14)

"Observar o nascimento e a morte dos seres é como olhar os movimentos de uma dança. Uma vida é como o clarão de um relâmpago no céu, rápida como uma torrente que se precipita montanha abaixo."

(Sidarta Gautama, o Buda)

"(...) toda árvore ganha beleza quando tocada pelo sol."

(Djalal Ud-Din-Rumi)

Sumário

1. O Vento 1

2. A Montanha 9

3. O Fogo 59

4. O Oceano 103

1. O VENTO

O MEDO ESTAVA no princípio de tudo.

O medo dominou gerações e bebeu em pequenas doses a coragem de muitos homens e mulheres de nossa família. Nós sempre estivemos sob o seu domínio. O medo estava em nossos ancestrais, os Gassanidas, em Huran, próximo às colinas de Golan. No ano 724 d.C., um sujeito chamado Abu Abdallah, nosso ancestral mais remoto, foi perseguido e morto pelos muçulmanos com 128 golpes de sabre, apenas por ser cristão. Sua mãe, que assistia a tudo, gritava para ele: "Morra como um homem, meu filho, não chore." Mas Abu Abdallah chorou. Foi ali, nas lágrimas que escorriam de seu rosto, que nasceu o medo que iria chegar até nós.

O medo seguiu sua jornada, como as águas de um rio fazendo o seu percurso, e desaguou em Simão, meu bisavô, ao ouvir o trotar dos cavalos dos soldados turcos aproximarem-se da aldeia. O medo estava em Assaad, seu filho, quando pastoreava carneiros nas montanhas de Zahle, e estava em Michel, meu pai, quando vendia cambraia, gabardine e organza em sua pequena loja em Santa Bárbara D'Oeste.

Quando eu nasci, sob o sol daquele mês de janeiro, o medo estava no meu primeiro choro. O mesmo medo que hoje ainda vive em mim. Um medo genético passado de pai para filho, de avô para neto. Um medo que subiu e desceu as montanhas, que atravessou o oceano num navio e veio se misturar ao fluido amniótico que me envolvia no ventre materno. O medo estava nos olhos da minha mãe na hora do parto, nas mãos suadas do meu pai e no corpo inteiro do médico que me segurava pelos pés. O medo estava na corda envolvendo os pescoços de Adib e Rafiq e estava nas mãos do algoz que forjou o seu nó.

Aprendi que o medo nos preserva de viver e nos dá a morte em vida. O medo também nos torna cruéis e, escravos dele, podemos nos tornar assassinos. E é da morte que todos da nossa família têm medo desde sempre. Temos medo e por isso preservamos tanto as nossas vidas a ponto de não vivermos tudo o que poderíamos ter vivido.

ALGUNS DIAS APÓS a morte de meu pai, em fevereiro de 2000, eu me vi numa pequena praia no litoral norte de São Paulo. Os raios de sol aqueceram o meu corpo e todos os meus órgãos internos se encheram de entusiasmo. As ondas arrebentando nas rochas funcionavam como um ruído zen e abafavam os barulhos do mundo. Confesso não haver nada melhor do que a imensidão do oceano para colocar as coisas no lugar certo dentro de mim.

Sentado na areia, sem desejar nada além de estar ali, entregue àquela contemplação, eu me deparei com um grupo de carneiros se debatendo em alto-mar. Caminhei desorientado pela praia, esfregando os olhos, esforçando-me para acordar, caso estivesse sonhando. Mas os carneiros continuavam ali e outros iam surgindo, como se brotassem das águas. Foi quando eu engoli uma gota de água salgada do oceano Atlântico trazida pelo vento.

A praia estava deserta. Não havia com quem eu pudesse dividir a minha dúvida: era uma miragem ou os carneiros estavam realmente lutando por suas vidas? Pensei que se caso eu tivesse um pequeno barco, conseguiria ao menos salvar alguns. Mas não havia nenhum barco. Fiquei assistindo, passivo, durante horas aos carneiros se debaterem e se entregarem aos braços de Iemanjá. O vento a coordenar a dança das ondas.

Naquela noite eu sonhei com Assaad, meu avô, e com Michel, meu pai. Vestido de branco, Michel colocava em minhas mãos um punhado de pelos úmidos de carneiro. Assaad dirigia-se a mim como irmão e dizia que tinha uma história para me contar. Pela manhã, corri para a praia certo de que iria encontrar alguns corpos de carneiros na areia. Mas em vez de carneiros, encontrei dezenas de águas-vivas.

Passei a acreditar, de maneira obsessiva, que eu precisava de alguma maneira me comunicar com Assaad. E o sonho ainda se repetiu algumas madrugadas. Sempre com Assaad me dizendo a mesma frase: "Tenho uma história para te contar." Eu pensava que ele poderia usar o próprio sonho para dizer. Mas por algum motivo que me é desconhecido até hoje, nos sonhos ele apenas dizia: "Tenho uma história para te contar." E essa frase se repetia em minha mente como um mantra involuntário.

Pela manhã, fui surpreendido por um carneiro subindo o morro próximo às rochas. *Nem todos os carneiros se afogaram*, pensei. Pelo menos um deles sabia nadar. Subi o morro, queria vê-lo de perto. O carneiro dormia à sombra de uma velha árvore e fingiu não dar nenhuma importância para minha presença, nem para a ventania que lançava as folhas da árvore em seu rosto. Quando me aproximei, quase a ponto de tocá-lo, ele disse:

"Por que não se lançou ao mar para nos salvar?" Não havia rancor em sua voz, mas decepção. Eu estava diante de um carneiro que lamentava a minha falta de heroísmo.

"Eu não tive como." Tentei me justificar.

"Você não sabe nadar, é isso?" Agora o carneiro estava sendo irônico.

"Sim, eu sei."

"Então por que você ficou lá, feito um idiota, apenas observando a morte vir e levar com ela todos os meus irmãos?" Eu não soube dizer nada. Não encontrei nenhuma palavra que se encaixasse e pudesse me redimir de seu questionamento. Deixei apenas escapar, do mesmo jeito idiota, um suspiro.

"Mas..."

"Só havia você lá. E mesmo assim, não nos socorreu. Por quê?"

Nesse momento, senti que nunca havia feito nada diante das turbulências. Sempre ficava esperando, como um espectador passivo, a cena se completar à minha frente. E antes mesmo que eu pudesse elaborar qualquer pergunta, ele se levantou, chacoalhou o corpo e algumas folhas se soltaram de seus pelos.

"Os seus antepassados teriam vergonha de você. Agora vá e me deixe sozinho aqui com a minha dor." Fui. Envergonhado.

2. A MONTANHA

ASSAAD está sentado à janela de sua casa em Santa Bárbara D'Oeste, um ano antes de sua morte, em janeiro de 1966. Algumas palavras saltam de sua mente e desabrocham em um sussurro: "O tempo de calar a dor ficou para trás."

Digo tudo isso mesmo sabendo que ele não pode me ouvir. Mas o que importa? Mesmo ignorando as minhas palavras, eu o levarei comigo. Mesmo que ele grite, esperneie, chore como uma criança mimada, eu o conduzirei aos berros, como um carneiro que sabe que será sacrificado. Mas Assaad não fará nada disso. Há tempos que o seu corpo foi consumido pelos vermes.

Em frente ao retrato de São Charbel, na sala de sua casa, um relógio de cuco, na parede, anuncia que são nove horas da manhã de um sábado. Eu também estou ali. Ele não me vê. Ainda não nasci. Estamos separados pelo tempo. Só irei existir neste mundo daqui a oito anos, em janeiro de 1974.

Mesmo diante da impossibilidade do tempo que nos separa, insisto. Não me interessa o monólogo mudo com o seu retrato. Quero lhe falar contemplando os seus olhos vivos. Por isso estou em sua casa, me coloco à sua frente e digo: "Você me parece um estranho, Assaad. Suas mãos estão suadas. Minhas mãos também se inundam."

As suas pálpebras volumosas, o nariz assimétrico, o sorriso no olho direito que me traz esperança, o medo no olho esquerdo me inquieta, o ápice das suas orelhas apontado para fora da cabeça, o pescoço curto, típico de alguns de nós. Dizem dos homens que têm o pescoço curto que eles são os parentes mais próximos dos animais não humanos, em que a cabeça e o corpo formam um conjunto mais integrado, a ponto de que as suas vontades estejam mais nas mãos, nos braços, no tronco, nos quadris e nas pernas do que em uma ideia elucubrada com a ciência da razão. Tudo em Assaad me é estranho. Não sinto o carinho que, normalmente, um neto deveria sentir por seu avô. Michel me falava dele. E é da voz de Michel falando a respeito de meu avô que sinto saudade, não dele.

Qual é o motivo de sua presença em minha vida, se não consigo sentir a sua falta? O que se move dentro de mim com tamanha força, a ponto de não permitir que a sua existência se anule dos meus pensamentos? O que, afinal, resta de Assaad em mim? Qual segredo? Qual gesto? Qual sentimento? Qual palavra ainda pronuncio como eco de sua existência em mim? O que devo guardar? E o que devo abandonar? Ou mesmo lançar ao fogo? Olhe para mim, meu avô. Estou aqui, em pé. Na sua frente. Pronto para ouvir a sua história. Ou você deseja que eu suplique e me ajoelhe?

Assaad não me responde, mas olha de sua janela para a rua e um grupo de garotos joga futebol num campo improvisado no asfalto. Nitidamente, Assaad está torcendo pelo time dos que estão sem camisa. Um pequeno magricela vem driblando todos os jogadores de camisa e faz o primeiro gol quase acertando a trave marcada no chão com paus e pedras. Assaad festeja.

Volta o seu olhar para dentro de casa e pega um caderno. O som dos meninos jogando bola é abafado pelo trânsito de suas lembranças.

AS MÃOS DE ASSAAD vacilam. A sua respiração é curta, o sangue em suas veias tem dificuldade para alcançar o coração. Uma mesa retangular, de madeira de mogno — na qual ele fixa o seu olhar agora —, está no centro da sala, delimitada por dois sofás de couro marrom. Em verdade, Assaad olha para o pote, em cima da mesa, com balas de goma e fica em dúvida se come uma bala ou não. Preserva as balas, o excesso do açúcar no sangue não lhe faz bem.

Está descalço e sem camisa, do mesmo modo como fazia o seu pai, na janela da casa, em Zahle, no Líbano. Ele se lembra de outras manias do pai e ri. Suspira uma leve saudade e reproduz um gesto negativo com a cabeça, à semelhança dele, mesmo sem ter consciência disso. Eu, num ato involuntário, reproduzo os mesmos gestos. Assaad nunca compreendeu o motivo pelo qual o seu pai não quis ficar no Brasil. Ele apenas dizia que sentia falta das montanhas.

É manhã. Não há nada de extraordinário com ela. Apenas reproduz os milênios de muitas outras manhãs, com o seu mesmo sol a incidir seus raios e a produzir luz e calor. Assaad está preenchido pelas memórias do passado. Também não há com ele nada de extraordinário. Apenas reproduz os anos, os meses e os dias, com o seu mesmo dilema a não cicatrizar suas feridas. Fecha os olhos para ouvir a melodia vinda do Zamur, nas festas. O cheiro da chuva em contato com a terra. O sabor dos charutos de folha de uva, feitos por tia Zakiya. Os seus pés mergulhados nas águas do rio Bardauni. As árvores dançando com o sopro do vento e os pelos macios dos carneiros preenchem o seu corpo de lembranças. Sabe que o sangue o trai e pode golpear o seu coração de maneira fulminante a qualquer momento. Por isso tem um caderno no colo e um lápis na mão esquerda. Ele é canhoto, assim como eu.

Assaad não tem intimidade com as palavras, prefere as cambraias, as sedas, o algodão e o tule. É mascate. As folhas em branco esperam o momento em que suas lembranças possam descansar no papel e, quem sabe, curá-lo de tanto sofrimento. A imagem dos dois irmãos mais velhos pendurados na árvore do quintal da casa, enforcados na frente de toda a família pelos soldados turcos, é um segredo trágico que ele guarda desde que chegou ao Brasil, ainda menino, em 1920. Ele se lembra de como os soldados do império turco-otomano caminhavam pela aldeia exibindo seus típicos chapéus em forma de cone, de ponta amassada, suas botas de couro, adagas e pistolas na cintura. Lembra-se de como viviam a cuspir no chão e a rosnar para os cristãos da aldeia.

Eu terei de Assaad apenas vestígios. Relâmpagos de histórias. Abaixo dos meus músculos habita um sentimento de ausência, a falta de um lugar para apoiar os meus pés, um modo de viver sempre em suspensão, entre o céu e a terra, sem reconhecer um território que seja meu. Talvez por isso eu esteja aqui, para tentar compreender por que Assaad guardava tantos segredos. Não. Não é nada disso. Não estou aqui por Assaad. Estou aqui por mim mesmo. Egoísmo é a palavra certa. Já tentei começar a contar essa história de diversas maneiras, já me coloquei em terceira pessoa, por exemplo:

"Aos nove anos de idade, Assaad Simão Maluf, avô de Marcelo, pastoreava carneiros nas montanhas de Zahle, no Líbano. Alimentava os bichos com as mãos e fazia-lhes carinho no queixo. Marcelo não conhecera o avô, mas sabia que ele havia morrido por engenho e obra de sua mente, ainda que a sua mente estivesse vestida de outro corpo naqueles tempos."

Mas não me senti à vontade. Ou seja, estou aqui porque preciso. Preciso, como um jardineiro, revolver a terra para que ela respire e acomode novas plantas, para que floresçam. Ou a exemplo de um miserável, à procura de abrigo e alimento. Eu preciso me abrigar e saciar a minha fome.

Quando o vi pela primeira vez, meu avô estava numa foto em uma lápide. Eu tinha apenas cinco anos de idade, meu pai me carregou no colo e pediu que eu beijasse o seu retrato. Aquele beijo modificou para sempre a maneira como eu entenderia a morte de todos os que morreriam depois dele, assim como alterou a minha percepção de qualquer retrato do rosto de alguém. Todos eles tão cheios de uma permanente impermanência. E sempre o visitávamos para levar flores e beijar a sua imagem. Tudo o que eu sabia dele eram as histórias que os meus tios e meu pai me contavam. E não eram muitas.

Vivi minha infância em Santa Bárbara D'Oeste durante os últimos anos da ditadura militar, enquanto no Líbano acontecia, desde 1975, a guerra civil, que durou até a minha adolescência, em 1990. Ambas aconteceram distantes dos meus olhos. E claro, saí ileso, vivendo no interior de São Paulo, protegido pela família. Nunca soube o que acontecia nos porões da ditadura. Todos os dias, na escola, eu riscava na transversal com lápis verde e amarelo as folhas do meu caderno antes do início das aulas. Cantávamos o hino nacional. Saudávamos a bandeira.

Longe do fogo cruzado. Ileso da guerra civil libanesa. Longe de tudo. Ileso do mundo, confabulando desejos em meu planeta imaginário. Mais uma vez, descendente do medo. Ileso da história familiar, apenas de vez em quando beijando a foto de um sujeito em sua lápide que Michel me apresentava como meu avô. Por quem eu deveria ter afeto. Mas que nunca me carregou no colo, nem me levou para passear em seu caminhão de mascate, nem me comprou doces ou balas.

Eu vivi longe da sua língua materna e da sua cultura, ileso da sua história. Ileso também dos generais brasileiros que assassinavam impunemente. Protegido pela infância. Sem receber nenhum estilhaço de bomba ou bala, sem ter qualquer arranhão, ileso, inclusive, de saber sobre a guerra, de saber sobre os presos políticos no Brasil, de saber sobre a verdade tanto de lá quanto daqui. Mesmo assim, eu tinha medo. Medo da sombra do abajur no quarto, do bicho-papão na madrugada, e foi sempre pelo medo de ir ao banheiro sozinho que eu deixava o lençol molhado quase todas as manhãs.

Tive medo, em 1981, de ir para a escola, medo de pular na piscina pela primeira vez, medo de dar o primeiro beijo, medo de perder nos jogos e competições esportivas da escola, medo de caminhar no meio do mato, medo do silêncio, medo de barata, de rato e de sapo. Eu tinha medo do Cristo morto, medo de Deus e dos castigos que eu receberia invocados pelo seu nome, medo do diabo e do inferno.

Da guerra no Líbano, eu não tinha medo. Nós só recebíamos notícias a seu respeito de minha tia-avó, Vidókia, ou dos telejornais. Em 1983, Vidókia veio ao Brasil e trouxe Rita, sua filha, minha prima distante. Rita tinha 13 anos, e eu, 9. Eu a investigava como um biólogo diante de um animal exótico muito afastado da sua realidade.

Rita sentia saudades do seu pai e chorava a todo o momento. Lembro-me dela chorando dentro de um trem fantasma num desses parquinhos de diversões. Não chorava por medo dos fantasmas. A guerra era algo mais amedrontador do que qualquer simulacro de monstro. Formamos um pequeno grupo, eu, Cristiane, minha irmã, e Karima, minha prima, que carrega o mesmo nome de minha avó. Nossas brincadeiras não faziam muito sentido para ela. Rita tinha outros modos, um jeito de ser criança diferente do nosso, se lastimava em outra língua, o árabe, que a nós, seus primos de segundo grau, fazia rir. Achávamos graça e ficávamos imaginando se ela realmente compreendia aquelas palavras estranhas. Com seus óculos enormes e sempre sorridente, devo a ela minha primeira visão de um djinn. Estávamos fazendo um piquenique no quintal da casa de minha prima. Karima e Cristiane foram preparar mais suco de morango. Eu e Rita ficamos olhando e rindo um do outro. Ela me achava engraçado e me cutucava para ver o quanto eu ficava nervoso. Eu a achava esquisita por ficar me cutucando para que eu ficasse nervoso. Foi quando ela me puxou pelas mãos e me levou até uma mangueira que ficava no fundo do quintal da casa e fez com que eu me sentasse, e fazendo mímica sugeriu que eu fechasse os olhos. Quando fui tocado no ombro, senti o peso de sua mão quente. Abri os olhos e o vi. Foram poucos segundos, mas eu o vi. Tive medo, suas unhas eram pontudas e azuladas, seus olhos brilhavam. Sua pele era translúcida. Ele sorriu para mim e atravessou como um vento o meu corpo, e desapareceu. Mas Rita não tinha medo, ele parecia protegê-la. Assim que ele se foi, Rita pôs as suas mãos na minha e, em seguida, me beijou nos lábios. Eu compreendi que era para manter segredo. E mantive o segredo daquela aparição e do beijo.

Rita marcou minha infância e foi o contato mais próximo que eu tive com a terra de onde veio o meu avô. Rita amou o programa do Chacrinha na televisão e amou o Raul Seixas cantando "Carimbador maluco", e toda vez que via um ônibus, saía correndo atrás gritando: "Busta! Busta!", em árabe. Surpresa ao descobrir que tínhamos ônibus em Santa Bárbara D'Oeste. O som produzido pela palavra "busta" nos deixava constrangidos. Mas depois caíamos na risada.

Quando Rita e sua mãe voltaram para Beirute, tivemos a ideia de enviar não uma carta comum, e sim uma audiocarta em fita cassete. Gravamos nossa mensagem no lado A e recebemos a resposta no outro lado da fita. Quando fomos ouvir, entre as palavras de Vidókia e Rita — que havia aprendido algumas palavras em português —, era possível reconhecer os ruídos das bombas. Do abrigo subterrâneo, elas diziam: "Venham visitar o Líbano, aqui é lindo!" Nós nunca fomos. Vidókia morreu sem que tivéssemos a chance de ir visitá-la. De Rita restaram apenas vestígios de nossa infância e ficamos cada vez mais afastados.

Conto tudo isso a fim de organizar minhas lembranças e encontrar algum gesto perdido de Assaad nessas histórias. Sei que ele está ansioso para contar o que talvez seja o seu maior segredo. Sei que a sua mão esquerda vacila, mas também sei que Assaad se esforçou para conseguir escrever e relembrar. Algo dentro dele ainda resiste, prefere não dizer, deixar que as histórias tenham apenas o seu corpo como início e fim. "Mas não dá para desistir, Assaad", ele diz para si mesmo. "É preciso seguir adiante", ele reproduz o conselho muitas vezes dito pelo seu pai. Por isso me aproximo dele e sussurro em seu ouvido que estarei ao seu lado.

Assaad esfrega as mãos nos olhos repetidas vezes. Desmancha os cabelos, reconta os dedos, cruza os braços com força sobre o peito, faz rabiscos em seu caderno, cutuca a caverna escura das narinas e detém o seu olhar para a palma de sua mão esquerda.

A CASA ESTÁ QUIETA, preenchida apenas pelo cheiro do babaganuche e do tahine que Karima, minha avó, prepara na cozinha. Vê-la em atividade é como presenciar um milagre. Quando a conheci, ela morava em uma cadeira de balanço, e raramente a via em pé. Karima, sete anos mais velha que Assaad, teria sobre ele uma influência materna, determinando muitas de suas ações e gestos, censurando-o e desenhando o seu caminho no mundo. O pai de Assaad o alertou: "Uma mulher sete anos mais velha, Assaad! Cuidado para que ela não te domine os passos."

Na noite em que se casou, Assaad viu uma estrela-cadente e se lembrou do que dizia sua tia Zakiya: "Uma estrela-cadente é um segredo que se guarda para sempre nos olhos, pois eles contemplaram o último sopro de uma luz." Essa frase esteve presente na família como uma máxima que repetíamos todas as vezes que víamos uma estrela-cadente. "Quem foi mesmo que disso isso?", perguntávamos uns aos outros. Esquecíamo-nos da autoria. Essas palavras tinham o mistério necessário para que se transformassem em uma citação recorrente.

Assaad não fez nenhum pedido naquela noite. Apenas ficou durante toda a celebração do casamento com as palavras de tia Zakiya dançando em sua mente. E vagavam: olhos que contemplaram, sopro de luz, segredo que se guarda, para sempre, o último segredo, sopro de segredo, luz nos olhos, luz que se guarda. Quando as palavras pararam de brincar, Assaad já estava casado com Karima. O cheiro da berinjela queimando desvia a minha atenção de Assaad e me volto para a minha avó na cozinha. Ela prepara o tabule e lava as folhas de alface. Aproximo-me do seu rosto e vejo que os seus olhos são da cor caramelo. Creio que nunca havia antes olhado de tão perto para os olhos de Karima. Vejo as primeiras rugas se formando. Karima tem medo de que Assaad não a deseje mais como mulher, que esteja ficando velha para ele. Ela aperta a faca em suas mãos e por um instante fica em suspensão, a admirar um ponto de luz que invadiu a cozinha. Eu gostava de visitá-la para comer as balas de goma que sempre ficavam dentro de um pote de vidro, em cima da mesa da sala. Lembro-me de quando menino ouvir Karima gritar: "Michel, vê se dá um jeito nessas crianças!" Corríamos em volta de sua cadeira e escapávamos pelos vãos.

Quando Karima morreu, em 1985, eu tinha 11 anos de idade e foi a primeira vez que conheci alguém cuja vida expirou. Chorei em seu velório ao imaginar que um dia também os meus pais morreriam. O rosto velho de minha avó no caixão me trazia alívio, eu pensava que só quando a pele murchasse de vez é que a morte poderia dizer: aqui estou. O que mais tarde eu descobri se tratar de uma deslavada mentira da existência.

Mas aqui, no ano de 1966, Karima é outra e o cheiro de sua comida invade toda a casa. Sua voz não é frágil como me lembrava, nem suas mãos tão rugosas. Karima parece mais alta. Grita alguma coisa em árabe para Assaad. Vejo que ele responde, também em árabe, e permanece imóvel. Ela torna a gritar e Assaad coça a cabeça e pega o caderno. Mas não responde. Prefere abafar a voz de Karima rabiscando círculos nas folhas em branco. A voz de Karima se perde de vez e Assaad se vê agora na aldeia em que nasceu, em Zahle, no Líbano. Os círculos vão cedendo lugar às palavras.

FICO NA PONTA dos pés, diante da janela. Assaad escreve:

Nossa casa, em Zahle, ficava à beira da montanha e Deus morava lá conosco, era o que minha mãe dizia. Meu pai sempre falava que Deus nos ajudava no manejo, na engorda dos carneiros e no cultivo da terra, pois sabia que eles eram a nossa salvação. Alimentávamos os bichos com as mãos para que tivessem boa gordura. E cultivávamos o trigo, a cevada e a fava. É preciso observar o movimento dos carneiros para manejá-los com destreza. Saber o que dizem os olhos de um carneiro é como traduzir um hieróglifo de uma civilização perdida. Quando somos capazes de desvendá-los, necessitamos apenas de pés firmes para seguir a caminhada ao lado deles.

Os poucos carneiros que tínhamos eram mansos. Simão, meu pai, dizia para não olhar diretamente nos olhos dos bichos, "para não se afeiçoar", ele aconselhava. Os carneiros carregam tanto a doçura quanto a ira. Preferem a brisa, não tempestades, mas são capazes de explosões que amedrontariam uma alcateia.

A primeira lembrança que tenho da minha infância era o modo como a mãe nos chamava para o almoço:

"Assaad, Adib, Rafiq! A mesa está posta!" Ela sempre dizia assim, nessa ordem. E uma só vez. A mãe era o nosso esteio, nossa morada e sossego. Ouvíamos a sua voz, mesmo se estivéssemos no alto da montanha. Eu chegava depois, gostava de ficar a sós com os carneiros. Minha mãe insistia: "Assaad! Venha logo, meu filho, antes que eu peça para seu pai ir buscá-lo." Não precisava falar uma segunda vez. Eu descia a pique. "Maria Martha, chame o Assaad. Diga a ele que se sente à mesa conosco antes da comida esfriar", o pai ameaçava. Quando se tratava de reunir a família para comer, Simão era rígido. "Não se faz desfeita para comungar o alimento, onde há lugar para todos, não se deve comer em solidão. Deus deseja que estejamos juntos."

A intimidade que o meu pai tinha com Deus era algo que impressionava a todos. Falava com o Criador como se falasse com um familiar, um amigo ou um aldeão. Não foram poucos os momentos em que o ouvíamos expor seus pontos de vista e, depois de um silêncio, balançar a cabeça como quem consente: "O Senhor sempre sabe o que é melhor para mim, sempre!" E tínhamos quase a certeza de que o próprio Deus havia dito a ele que desejava que comêssemos juntos nas refeições. E não suportava desperdício, o alimento era para ser comido sem deixar restos. Considerava uma ofensa gravíssima quando, às vezes, não comíamos tudo o que colocávamos nos pratos. Era tamanho o seu aborrecimento que em dias de calor era capaz de nos dar uma surra por esse motivo. Em dias de frio, chorava diante da Bíblia e pedia perdão a Deus em nosso nome.

Nossa casa era sempre muito cheia. Desde pequeno senti a necessidade de ter os meus momentos de solidão e ficar um pouco longe da família. Era como se eu precisasse pegar distância para poder enxergar melhor e de maneira completa tudo o que acontecia dentro de casa. É claro que, naquela época, eu não percebia as coisas dessa maneira, mas hoje posso entender que era por esse motivo que eu gostava tanto da montanha. Ela era o meu refúgio, a minha fortaleza. Quando eu não me refugiava nas montanhas, ia me deitar às margens do rio Bardauni. Também contava, para ele, os meus segredos. Certa vez ouvi do rio a seguinte história, que ele nomeou *Os três ladrões e o gênio do reino dos sonhos*: "Muito tempo atrás, num mundo bem diferente do nosso, três ladrões, um velho, um jovem e um medroso, decidiram enganar o grande gênio do reino dos sonhos e trazer do seu mundo todo tesouro que fosse possível. Para que isso acontecesse, o ladrão mais velho sugeriu que dormissem no mesmo quarto para ficar mais fácil se encontrarem durante o sonho. Os outros dois concordaram que se tratava de uma boa estratégia. 'Mas como iremos sonhar o mesmo sonho?', perguntou o jovem ladrão. 'Ah, isso é muito fácil!', disse o mais velho. 'É preciso que estejamos amarrados por cordas para que quem sonhar primeiro leve os outros consigo.' O ladrão medroso certificou-se de que era fácil desatar o nó da corda. Se algo desse errado, ele escaparia com facilidade. O mais velho verificou se a corda era forte o suficiente para trazê-lo de volta. O mais jovem, sem pensar, amarrou-a na cintura. Quando os três ladrões adormeceram, o medroso tratou logo de afrouxar o nó. O primeiro a sonhar foi o ladrão mais jovem. Em seu sonho, ele chegava a um casarão onde vivia um família que colecionava miniesculturas de animais selvagens banhadas a ouro. Então, puxou a corda e trouxe os outros dois para ajudá-lo com o roubo. Cada um conseguiu carregar doze miniesculturas. O segundo a sonhar foi o mais velho. Em seu sonho, ele estava em um navio pirata com toda a tripulação morta. Entendeu que os piratas deviam ter se desentendido e acabaram se matando. O que ele encontrou no porão do navio foi uma enorme quantia em prata, ouro, joias e rubis. Puxou a corda e trouxe os outros dois para ajudarem com a mercadoria. O último a sonhar foi o ladrão medroso, que se viu diante da casa do gênio do reino dos sonhos, onde ficava um enorme diamante vermelho em forma piramidal — a joia mais valiosa do mundo. A princípio, vacilou se devia ou não puxar a corda. E se o gênio dos sonhos os pegasse em flagrante? Puxou, mas como estava frouxa, o nó desatou e os outros dois não vieram para ajudá-lo. Quando acordaram, viram que o ladrão medroso ainda dormia e que os tesouros que haviam roubado não estavam mais com eles. O ladrão medroso, para não morrer assassinado, teve que revelar todo o seu plano ao gênio do reino dos sonhos e lhe entregou o tesouro roubado. Como castigo, ele jamais pôde acordar e viveu dormindo para sempre. Quanto aos outros dois ladrões, jamais puderam sonhar novamente, assim como nunca mais conseguiram desatar o nó da corda que os unia."

Eu me lembro muito bem dessa história. Naquela noite, sonhei com o gênio do reino dos sonhos e ele me perguntou: se eu tivesse que escolher ser um daqueles ladrões, qual eu seria? Disse a ele que naquele sonho eu preferia ser ele, já que os outros três ficaram presos para sempre. Ele me respondeu: "Então por que você insiste em viver como um ladrão?" Acordei com a garganta seca e buscando ar com a terrível possibilidade de viver para sempre dentro de um sonho. Olhei o meu rosto no espelho e descobri os três ladrões vivendo em mim. O jovem, em minha vontade de conquistar muitas coisas. O velho, em saber da vida os seus segredos e sofrimentos. O medroso, temendo o destino e preferindo, às vezes, fugir de tudo.

Assim como o rio, as montanhas também me ensinaram muita coisa. Meu tio Salomão dizia que as montanhas eram sagradas e que no topo delas os carneiros se sentiam à vontade para falar com alguns homens. Eu podia conversar com os carneiros e ouvir as suas queixas. Assim como tio Salomão, eu também compreendia a língua deles. Poucos em nossa família tinham esse dom.

Para mim, na verdade, uma maldição. Minha maldição hereditária. Tio Salomão contava que éramos descendentes do carneiro que assistiu ao nascimento do menino Jesus, e por ter visto Maria dar à luz, havia se tornado homem. Por esse motivo, muitos de nós compreendíamos o que diziam.

Nossa aldeia era pequena, tínhamos um pedaço de terra onde cultivávamos a lavoura e criávamos os carneiros. A casa era feita de pedra com uma sala onde nos espalhávamos e nos dividíamos sobre os tapetes, para dormir. Ainda me lembro dos desenhos que se formavam entre as frinchas das paredes. Sou capaz de reproduzir as linhas do teto com precisão. Acima da porta de entrada, um velho crucifixo. A Bíblia ficava sempre aberta numa pequena mesa no canto da sala.

Meu pai orava todas as manhãs. Ajoelhava-se diante da Bíblia e se punha a sussurrar suas orações. Só depois é que conversava com Deus diretamente. Dizia que um homem que não se dobra diante daquilo que é maior do que ele não é confiável. Ouço suas palavras assim como me vem às narinas o cheiro do perfume de alfazema dos cabelos de minha mãe. O que fica das coisas é o cheiro. Não sei explicar, mas sinto às vezes o cheiro de minha mãe como se exalasse de meu próprio corpo. São as vozes de todos da família, os cheiros de cada canto da casa, os sabores dos alimentos que minha mãe preparava, as imagens dos gestos dos meus irmãos que se fixam em mim. Eu me vejo muitas vezes reproduzindo seus trejeitos, palavras, anseios e manias.

Quando me sentava com a família para almoçar, agradecia o carneiro no prato. Quando tínhamos, em ocasiões especiais, a dádiva de comungar um carneiro, me punha a devorá-lo com as mãos, com pressa, apenas para me livrar de saber se aquele animal havia sido, em algum momento, um interlocutor para os meus anseios de menino. "Coma devagar, Assaad!" — pedia a mãe. Sentávamos a um lado da mesa, o pai, eu e os meus irmãos mais velhos, Adib e Rafiq. À nossa frente ficavam minhas irmãzinhas Vidókia, Lucia e a mãe.

Na parede da nossa pequena cozinha, a pintura da Santa Ceia feita por tia Zakiya, irmã de meu pai, ficava em frente ao lugar dos homens. Intrigava-me não saber qual deles era Judas Iscariotes, o traidor. Minha mãe sempre se referia a alguém de que ela não gostava como "Aquele Judas, traidor!" Mas qual deles era Judas? Como adivinhar só olhando para o rosto de cada um dos doze apóstolos? Nada diziam. Nenhuma evidência. Só reconhecia o Cristo porque estava em destaque no centro da pintura. A princípio, eram apenas amigos, comendo e bebendo juntos. Como quando a prima Fátima se casou e todos os parentes se reuniram em festa, na casa do tio Faruk. Do mesmo modo que o meu pai, eu sempre compreendi a Santa Ceia como uma celebração da vida e, por isso, sempre me foi importante estar junto com todos na hora de cada refeição, para agradecer.

Em nossa casa, sentarmos à mesa para nos alimentarmos, e não para repetirmos palavras sagradas, era uma forma de oração. Hoje posso perceber que meu pai fazia daqueles momentos o nosso ritual cotidiano de nos sabermos filhos, pai, mãe e irmãos. Não pensávamos em nada, comíamos, sorríamos uns para os outros e nos servíamos. Nossa existência era estarmos ali, juntos, compartilhando a refeição.

Lembro-me de um jantar em que, depois de um dia de muito trabalho, nos sentamos e minha mãe havia feito homus. Meu pai, ao tentar se servir, percebeu que estava sem o pão à mesa. Pediu a Lucia que o pegasse e ela cruzou os braços, a Adib, e ele fingiu não ter ouvido, pediu então a mim que estava já sonolento, e também não atendi ao seu desejo. Impaciente, ele se pôs a servir-se de homus com as mãos, mas em vez de comê-lo, ele o esfregou no rosto de modo a compor uma máscara. Ficamos por alguns instantes, temerosos, olhando para o seu rosto maquiado pelo homus, aguardando qual seria a sua próxima ação. Simão olhou para os nossos rostos perplexos e deixou escapar um sorriso, em seguida uma gargalhada, e todos nós nos entregamos e explodimos em risadas, e sabíamos que estávamos vivendo naquele instante nossa oração em família.

Foi nessa mesma noite que eu vi a minha primeira estrela-cadente. Havia esperado por aquele momento desde quando tia Zakiya havia dito que as estrelas-cadentes eram segredos do céu, rastros luminosos. "Segredo que se guarda para sempre nos olhos, pois eles contemplaram o último sopro de uma luz."

Quando o céu foi riscado, eu pedi um destino longe dali. Eu queria conhecer o mundo. Lembro-me de que vivia imaginando minhas aventuras. Em um dos meus devaneios recorrentes, me via, já adulto, escalando montanhas, saltando de cidade em cidade, conhecendo pessoas e não me fixando em lugar algum. De certa forma, a estrela atendeu ao meu pedido, vim para o Brasil e me tornei mascate.

ASSAAD COMPRIME a língua entre os dentes. Vê Karima preparando o almoço e sente saudade do dia em que se conheceram. Ela ainda jovem, sem esse ar exausto que carrega agora, de quem já não espera nenhuma surpresa da vida e se acomoda sem querer mais nenhuma mudança. Assaad, pelo contrário, vivia recompondo a paisagem da casa. Trocava os sofás de lugar, a disposição dos quadros na parede. Num mesmo ano, chegou a mudar três vezes a cor da pintura externa da casa. Vem daí a frase que Michel sempre repetia: "Se eu não posso fazer grandes mudanças na minha vida, ao menos mudar a cor da parede da minha casa eu posso." Michel herdou de Assaad essa mania de mudar as coisas de lugar. Lembro-me de suas repentinas ideias. Algo sempre novo parecia crescer dentro dele, como se uma voz lhe guiasse o desejo de mudança. Assim, tirava os móveis do lugar, reordenava os tecidos e as estantes em sua loja. Agia por impulso, era um sujeito da ação. Por isso eu o admirava, tinha a capacidade de errar, se irritar e, em seguida, rir de si mesmo.

Os filhos de Assaad, agora adultos, Sami, Michel e Martha, estavam começando a criar seus próprios filhos.

Apenas Sabri vivia com Karima e Assaad. A esse filho dedicavam uma atenção maior. Vítima de meningite ainda menino, precisaria de cuidados especiais e viveria na casa deles.

Sami se parecia com Rafiq, irmão mais velho de meu avô. Tinha uma austeridade que, às vezes, escapava pelos olhos. Um jeito de caminhar com a barriga para a frente e os ombros alinhados que o fazia parecer um soldado turco. Assaad implicava com ele. Pedia para relaxar o abdômen, batia na barriga de Sami com as costas das mãos: "Ponha essa barriga para dentro, meu filho."

Michel era como Adib, irmão do meio de Assaad. Meu avô tinha receio de que ele se perdesse com suas ideias. Mas um pouco diferente de Adib, Michel parecia se valer do bom humor para atrair a simpatia das pessoas, enquanto Adib o fazia por seu aspecto lírico e terno. Mas foi pelo inventor que morava dentro de Michel que Assaad exigiu dele que cursasse a faculdade de Direito. Quando completou o curso, entregou o diploma para Assaad e foi viver a vida à sua maneira. Gostava mesmo era do comércio.

Martha, a única mulher, assemelhava-se à sua irmã Vidókia. "Uma fortaleza de fragilidades", ele dizia. Mas sentia por não ter muito acesso ao que ela pensava. Um mistério para ele, assim como era a sua mãe. Não era à toa que herdara o nome dela.

Por todos os filhos, Assaad temia. Por isso não lhes ensinou o árabe, amaldiçoou o Líbano e não lhes contou de sua infância, nem de como Rafiq e Adib foram mortos. Assaad dizia sempre que havia renascido para o mundo dentro do navio cheio de imigrantes que o trouxera para o Brasil.

Assaad tem a consciência de que aos filhos negou o seu passado. Mas do mesmo modo que embarcou naquele navio e veio para o Brasil sem olhar para trás, agora ele precisava escrever sem lamentar o que não foi feito. Sangrar o papel com palavras que estiveram esquecidas por muito tempo nas montanhas de Zahle, deitadas sob o gelo da neve.

Contar talvez fosse o destino que negou a si mesmo. Foi por ter calado tantos anos que o sangue em suas veias ficara espesso e começava a entupir as veias do coração. Mas como narrar sem ter uma montanha por perto? As montanhas, apenas as montanhas conheciam a sua intimidade. Apenas a elas ele revelou os seus desejos. As montanhas eram generosas e pacientes. Considerava-se filho das montanhas, tanto quanto sabia ser filho de seus pais. A quem confiar as suas lembranças? Em Santa Bárbara D'Oeste não havia montanhas.

QUASE TODAS as noites eu subia até a metade da montanha, acompanhado de um dos poucos carneiros que tínhamos. Em uma dessas caminhadas, um carneiro de pescoço curto, ao qual por algum motivo eu tinha me afeiçoado, deitou-se ao meu lado e pôs-se a contemplar o céu.

"Sabe, senhor, um dia vou morar na Lua."

"Não é possível morar na Lua", afirmei. "Não há pastos, nem montanhas como as nossas, nem casas, nem pastores de carneiros, nem gente, nem animais. Nada. O que você faria lá, vivendo sem ninguém?", tentei convencê-lo do absurdo que era a sua ideia de morar na Lua, e disse mais: "O que eu ouvi dizer é que lá vive um dragão desalmado." "Quando eu já estiver bem velho e sentir que o meu fim está próximo", explicou o animal, "mudo-me para lá e espero a minha morte. Antes faço um pacto com o dragão e lhe entrego a minha alma. Assim, viverei para sempre na Lua, no corpo do dragão."

Quando ouvi o carneiro dizendo aquilo, percebi que não se tratava de um carneiro comum e logo quis que ele fosse o meu animal de estimação. Passei a chamá-lo de Mustafa.

O pai quis matá-lo no Natal. Eu me lancei sobre o bicho para protegê-lo e ganhei uma cicatriz na coxa. Por sorte, o facão não estava tão afiado. O pai prometeu deixar Mustafa morrer de velhice, mas me impôs uma semana de castigo sem poder subir a montanha.

Das histórias que sei a respeito de meu pai, guardo em minha memória a do falcão-peregrino. Dizia ele que, aos 16 anos de idade (ele sempre contava essa história sem nunca modificar nada, o que me faz acreditar, sem nenhuma nesga de dúvida, que era real), adormeceu debaixo de um cedro e acordou com o toque rude dos dedos de um djinn. O gênio estava vestido com roupas negras e sorria para ele como se soubesse quem ele era no passado, no presente e no futuro.

"Faça seu pedido", a voz do djinn era rouca e profunda. E o meu pai desejou voar.

"Voar?", parecia surpreso o djinn. "Sim, eu quero voar!"

O djinn sabia que esse era um desejo perigoso para um humano. Muitos dos que se transformaram em pássaro jamais retornaram à sua forma humana. A liberdade do voo causava esquecimento.

Metamorfoseado em falcão-peregrino, ele bateu as asas e pairou sobre a corrente de vento entre as montanhas do Vale do Bekaa. A ressalva do djinn era que, quando ele começasse a ter dúvidas sobre a sua natureza, se homem ou ave, deveria pousar e comer um pouco de terra.

"Só o gosto da terra trará de volta o seu corpo de homem", o djinn foi claro.

Meu pai se esqueceu do conselho e ficou durante três dias e três noites vivendo como falcão-peregrino, com lampejos de lembrança de uma vida anterior, como homem. O djinn não teve escolha, lançou um raio que o derrubou das alturas. Acolhido por uma garota, ainda como pássaro, recebeu cuidados e sobreviveu.

"Não deixarei que você morra", ela o envolvia no calor de seu peito e repetia a frase sem parar.

Acordou nu, em sua forma humana. Fugiu.

O que a garota não sabia é que, ao cuidar da ave, estava dando a sua vida por ela. Meu pai ganhou uma cicatriz do raio que o atingiu no centro do peito, e que ele exibia todas as vezes que contava essa história. A garota foi levada pelo djinn e nunca mais foi vista. Por muitos anos, durante o verão, meu pai dizia receber a visita de uma linda ave de rapina que se aproximava dele a ponto de deixá-lo tocar em suas penas. Sempre acreditou que a ave era a garota que o salvou.

Por isso, o pai era apegado à terra, tinha medo de altura e vivia pedindo perdão a toda menina de 10 anos que encontrasse. Com aquele jeito impaciente de dizer, ele ensinava que não havia vida nenhuma no céu. Era só um teto, às vezes azul, outras vezes cinza, sob nossas cabeças.

"Ninguém mora lá. A vida é aqui que acontece, meu filho."

"Mas e Deus?", ingenuamente eu questionava. Ele apontava o dedo médio para o centro da mão e afirmava: "Aqui, Ele está aqui. É por isso que Ele é tão grande." Dizia isso olhando para as suas mãos. Eu ria. Ele espalmava as mãos voltadas para a terra. Eu corria para o alto da montanha e dizia que ia para lá me encontrar com Deus. Ele ameaçava correr atrás de mim, depois soltava uma gargalhada que só de ouvir na lembrança me dá saudade.

Toda vez que Simão pronunciava o nome de Jesus Cristo, sua voz amiudava e saía rouca, aos pedaços. Vivia contando aos que nos visitavam as parábolas do Evangelho. Tinha uma em especial que ele sempre gostava de contar. E a dizia de um jeito muito particular.

"Vejam vocês", ele sempre iniciava assim: "Um grão de mostarda, o que é? Miúdo. Sim, miúdo a ponto de quase não conseguirmos segurá-lo entre os dedos. Mas se quisermos, poderemos nos aproximar dele e semeá-lo. E se tivermos mãos pacientes, veremos o arbusto crescer e ficar maior do que todas as hortaliças do campo. Aquele mesmo grão de mostarda. Miúdo. E encantados, presenciaremos os cantos dos pássaros a fazerem os ninhos em seus ramos. Esse é o reino dos céus. E um grão de mostarda, o que é?"

Deixando sempre a pergunta vagar, ele, já com os olhos úmidos, mirava a todos. Assim era Simão. Depois indagava: "Por que tanta beleza, meu Deus? Por quê?"

O CHORO DE LUCIA penetra a casa e interrompe a escrita de Assaad. A irmã mais nova que migrara para o Brasil alguns meses depois dele. Chora como sua mãe, Maria Martha. Soluça palavras, não consegue dizer. Lucia se ajoelha no centro da sala e despeja algumas joias de dentro da bolsa. Soluça ainda, enquanto acaricia um anel de ouro. "Assaad! Assaad! Mataram o pai, Assaad!", as palavras saem de uma só vez. Diretas, sem preâmbulos, secas.

Meu avô se ajoelha e abraça a irmã que há muito não abraçava. Olha em minha direção como se pudesse sentir a minha presença e cerra os olhos com ternura. Pede um copo com água para Karima e espera que Lucia recupere o fôlego.

"Invadiram a casa do pai, meu irmão, roubaram o pouco do dinheiro que ele guardava no colchão, depois o mataram. Por quê? E eu aqui comprando joias. Joias! O que foi que eu fiz?"

Assaad a consola em seus braços sem dizer nenhuma palavra. O silêncio da casa só é perturbado pelo choro sentido de Lucia. Um pássaro invade a sala e se debate nas paredes. Está machucado. É pequeno, tem o peito branco, as asas pretas e um desenho como um colar negro contornando o seu pescoço. Assaad consegue envolver o pássaro em suas mãos e o aproxima do seu peito. Entrega-o para Lucia. Nenhum dos dois diz qualquer palavra, mas eles se entendem. Está dito. Lucia pisca os olhos de maneira lenta e se despede calada, apenas com um movimento de cabeça. Leva o pássaro, carrega-o com ternura. Era preciso cuidar daquele ser tão frágil.

Quando Lucia deixa a casa, Assaad quebra o silêncio com um berro.

Sabe que não pode velar o corpo de Simão. Apenas orar por ele em silêncio. Não é possível viajar para o Líbano, não chegaria a tempo para o seu funeral.

Meu avô se senta à janela e se põe a escrever. Sua mão esquerda treme ao contato do lápis com o caderno, pois a palavra não consegue legitimar a sua aflição. A palavra é um arranjo ilusório. Um artifício incapaz de fidelidade para com o sentimento da perda. A sua mão esquerda tremendo é mais fiel a ele do que qualquer palavra escrita. A escrita não lhe conforta. Assaad precisa aceitar que o seu corpo chore.

Quando Simão enviou Assaad para o Brasil, ele despejou sua fé naquele menino. Esperava que ele vingasse os seus irmãos e cumprisse o destino que fora interrompido pelos soldados turcos. Agora, a morte de Simão o libertava desse compromisso. Não tinha mais a quem prestar contas. O seu destino era uma escolha, e não um dever.

 Estava aflito, e quando ficava assim, desandava a dizer em voz alta orações em árabe. Declamava trechos do Evangelho de Cristo e suratas do Alcorão. Mas Assaad não frequentava igrejas, nem mesquitas. Preferia refugiar-se à beira de um rio e contemplar o fluir das águas.

O SILÊNCIO DO PAI no mundo me faz lembrar o quanto ele insistia comigo, Adib e Rafiq, sobre a importância de se ter um trabalho.

"A vida nos é dada para reconhecermos o destino sagrado de cada ser. E só poderemos ofertar a Deus em gratidão com o esforço de nossas mãos." Meu pai tinha calma em dizer. E parecia que até o timbre de sua voz se modificava. As palavras saltavam de sua boca, subiam a montanha e se perdiam entre as patas dos carneiros. Era assim que eu imaginava o destino de seus conselhos, sendo pisoteados pelos carneiros pastando.

Rafiq, meu irmão mais velho, era o mais parecido com o pai. Os olhos atemorizados, como se estivessem observando a chegada de uma tempestade de areia no deserto. Os ombros lançados para a frente e a boca sempre seca, arroxeada, com rachaduras. Mas não era apenas em sua herança física que se pareciam. Era cheio de surpresas tanto quanto o pai.

Lembro-me de quando apareceu nu em nosso quintal. Explicou que, no caminho da escola para casa, devaneou sobre o quanto as roupas aprisionam o nosso pensamento e que tinha tido um péssimo desempenho na prova de história por estar vestido. Se estivesse nu, suas ideias fluiriam. "Se me colocassem o teste aqui na minha frente agora, eu saberia todas as respostas." O pai correu atrás dele por toda a aldeia, e gritou: "Rafiq, o que eu fiz para merecer essa humilhação?"

Naquela noite, Rafiq dormiu nu, ao relento. Era início do inverno, e não fosse a mãe levar uma coberta para ele, meu irmão teria congelado.

"Você pode até o acobertar, mulher, mas esta noite ele não entra em casa. Quero saber se as suas ideias resistem melhor ao frio ou ao calor." O pai o provocava.

Pela manhã, Rafiq pediu permissão ao pai para ir se vestir.

"E o que mais você tem a dizer, meu filho?"

"Sem querer desrespeitá-lo, meu pai, não foi o cobertor que a mãe me deu que me tirou o frio, foram as ideias em meu corpo livre que me aqueceram. Mesmo a sua frieza não pôde ser maior que a compaixão de minha mãe. E foi essa ideia que me salvou de congelar o corpo lá fora. Aqueceu tudo aqui dentro." A fala de Rafiq atingiu Simão.

O pai, com a voz desorientada e os olhos frouxos, só foi capaz de dizer ao meu irmão que se vestisse. O dia seria longo e de muito trabalho.

"Talvez o trabalho o faça compreender, meu filho, que os melhores pensamentos que você possa ter nascem da terra e para ela retornam. E são melhores quando deixam de vagar e se concretizam pelo labor. A terra há de cobrir um dia o seu corpo com a delicadeza com que uma mãe cobre o seu filho e o embala para dormir. Não há liberdade maior, meu filho, do que a alma separada da carne."

Rafiq parecia não prestar atenção às palavras do pai. Mantinha o olhar mirando o topo da montanha.

"Rafiq, você está me ouvindo?", Simão gritou.

"Um dia você também quis voar, meu pai. Por que não consegue compreender o meu bater de asas?"

ASSAAD INTERROMPE a escrita de suas memórias. "Por que, meu pai, você foi dizer aquilo?" A pergunta transborda de sua boca e se espalha pela casa. Minha avó grita da cozinha querendo saber se ele necessita de algo. Assaad não responde. Ele apenas vê a sala inundada por seu questionamento e cerra os olhos.

Karima não suporta o marido naquelas vestes, não suporta que ele sente à janela como um homem do povo. Ele, que tinha posses, que enriquecera. Karima sonha, em 1966, em voltar para a Síria. Nunca se habituou ao Brasil. Ao contrário de Assaad, que se mistura ao povo e agrega, aos seus modos, o jeito de ser do brasileiro.

Sentado no sofá, Assaad abre os braços e se entrega à fadiga, a uma luta que ele está prestes a perder, leva as mãos ao centro do peito, há uma pressão que o angustia e um desejo de se deixar vencer.

Há pouca luz na casa. Assaad remexe os bolsos da calça e encontra um papel amarelado. As palavras já não estão legíveis. Assaad se apega à folha envelhecida e enxuga as poucas lágrimas em seus olhos, era um poema de seu irmão Adib. Mas as palavras legíveis não são mais necessárias, Assaad tem o poema em seu corpo.

ADIB, MEU IRMÃO, não havia nascido para a lavoura, muito menos para os carneiros, era capaz de perder-se com o movimento de uma folha ao vento e esquecer-se de colher a cevada. Ao contrário de Rafiq, não desafiava o pai. Sabia de sua diferença. Apenas o temia e o respeitava. Passava as noites com um caderninho. Parecia ter mais idade do que aparentava, não fisicamente, mas no jeito de falar as coisas.

"O que você tanto escreve aí?", quis saber. Adib passou as mãos em minha cabeça.

"Assaad, meu irmãozinho, escrevo agora o meu último poema. Feche os olhos e imagine que não terá um novo dia. É o que eu faço sempre, registro em palavras o que esse pensamento me traz."

"Deixa de dizer besteira, Adib. É claro que você sempre terá um novo dia", eu o contrariei.

Ele escreveu com letras grandes em seu caderno:

VEREMOS.

E o mostrou para mim. "Agora já é tarde, vá dormir, Assaad." Fiquei debaixo da coberta tentando imaginar como seria não ter um novo dia para viver. Fui dominado por um terror, não consegui adormecer profundamente.

Como era possível que Adib conseguisse todos os dias, antes de dormir, pensar uma coisa dessas? Ainda hoje não sou capaz.

Adib tinha apenas 16 anos quando me disse isso. Como eu poderia imaginar que o tempo me faria ficar mais velho que o meu irmão?

Assaad quebra o lápis e joga o caderno contra a parede.

"Chega. Não posso continuar."

Arrepende-se desse gesto. Ajoelha-se diante do caderno e o recolhe, como se socorresse um objeto precioso, algo que o mantém sadio diante de sua secreta tragédia. "Preciso seguir em frente", diz em voz baixa para si mesmo, como se aquelas palavras fossem um desejo soprado em seu ouvido por um anjo.

Pega outro lápis e ajeita as páginas maltratadas do caderno. Sente a minha presença e, pela primeira vez, meu avô pergunta:

"Tem alguém aqui?" E olha para todos os lados como se procurasse uma sombra, um vestígio de algo ou alguém.

Apenas penso que ele deve continuar. Não pare agora, meu avô. Todos da família precisam que você continue. Eu preciso que as suas palavras venham ao meu encontro. Eu preciso devorar o passado, para não ser por ele consumido. Dentro de mim, meu avô, também habita um carneiro.

NO ANO DE 1919, o frio nas montanhas me deixava imóvel durante as primeiras horas da manhã. Às vezes, eu abraçava Mustafa e me aquecia em seus pelos. As montanhas se vestiam de branco e a vida se tornava menos ágil com as temperaturas baixas. Eu me irritava com o clima, mas Mustafa parecia compreender o inverno. Com o frio, ele parecia ficar menos agitado, até o seu modo de falar se modificava, ele percebia que eu ficava desconfortável com o inverno e que tremia batendo os dentes.

Mustafa tentava me explicar que eu só ficava daquele jeito porque resistia ao frio. Achava a sua conversa uma tremenda besteira.

"Eu posso morrer, sabia? Não tenho todos esses pelos para me proteger."

"Ouça, Assaad, ouça", o carneiro dizia, "não há conhecimento que possa luzir sem a geada, nem vida que possa existir sem o tempo de vigília. Pois o inverno é a vigília do tempo, é o segredo do que virá. É o gesto de compaixão da terra para com os seres que nela habitam. O inverno é a medida de nossa permanência e logo concluímos que sem o cuidado mútuo somos mais frágeis que as asas de uma borboleta. Aprendo a ter gratidão pelo Criador que me deu esses pelos e o inverno me traz mansidão. Um carneiro, quando sabe disso, está pronto para viver a sua vida, para compreender a imensidão que carrega em seu íntimo. Qualquer carneiro sem gratidão cai em desgraça e enlouquece. Já vi muitos irmãos se perderem nas montanhas e vi homens que se perderam de si mesmos e só depois de muitos anos voltaram a se encontrar."

Eu sempre o ouvia com muita atenção. Mustafa era um desses carneiros que falavam por horas. Mas, apesar de me enfastiar muitas vezes com seus discursos, eu gostava de ouvi-lo.

"Ouça, Assaad, ouça, eu já fui um homem."

Minha cara de espanto com a notícia, dada de maneira tão abrupta, fez com que Mustafa repetisse:

"Sim, Assaad, eu já fui um homem. Já pastoreei carneiros como eu. Já tive uma família humana. Já desejei o mundo. Vivi como os miseráveis e como os reis. E morri cercado por ladrões e inimigos. Sempre tive medo. Como miserável, eu tinha medo de não ter o que comer e morrer de fome. E como rei, eu tinha medo de que os miseráveis se revoltassem, me derrubassem do trono e me matassem. Quando o seu pai nasceu, eu já era bem velho e vivia uma vida pacata como aldeão. Mas eu também tinha medo de que os turcos arrombassem a minha casa e roubassem a comida e matassem os meus filhos e netos. Mas não foi assim que eu morri a última vez. Um carneiro desembestou e me deu uma cabeçada e eu rolei montanha abaixo. A morte pode estar em qualquer lugar, Assaad."

Enquanto eu ouvia a revelação de Mustafa, a neve caía sobre a minha cabeça e o meu estômago se inundava de saliva. Mustafa não parou:

"Quando chegou o tempo de retornar, eu renasci como carneiro para servi-lo. Não é de hoje que eu pertenço à família, meu bisneto. Por isso, tenho que avisá-lo. Os próximos dias serão de tormenta."

Ao revelar a sua identidade, Mustafa se levantou, era um homem agora. Tinha os olhos calmos, barbas longas e brancas. Não era possível dizer dele que era triste, nem feliz. Tinha apenas uma presença íntegra. E me olhava com ternura.

Eu tive uma reação que não consigo explicar. Disparei a correr e a subir ainda mais a montanha. Lembro apenas que o meu desejo era fugir, não queria aceitar o absurdo de ter um bisavô num corpo de carneiro. E corri o mais rápido que pude. Mustafa veio atrás de mim. Mas eu segui por caminhos desconhecidos entre as pedras e me perdi no topo da montanha.

Quando olhei para trás, já não sabia mais onde estava, desorientado pela névoa e pela paisagem desconhecida.

Deitei-me na neve para descansar e segui com os olhos algumas nuvens se desmancharem no céu e desenharem novas figuras. Minhas mãos e pés formigavam e eu fui tomado por um desejo de dormir. Fechei os olhos e depois não sei dizer o que me ocorreu.

UMA FORTE DOR no peito, desta vez, tomba Assaad da janela. Esparramado no chão, olha para a pintura de São Charbel. O santo lhe estende as mãos, mas Assaad não consegue alcançá-la. Ele se aproxima. Assaad contava que Charbel, aos 23 anos de idade, havia abandonado o lar para viver o seu destino espiritual. Ficara órfão de pai aos 3 anos de idade. Requisitado pelo exército turco-otomano para trabalhos forçados, o pai de Charbel morrera trabalhando como escravo para o império.

O santo viveu como eremita durante 23 anos de sua vida, morando em um pequeno quarto, apenas com um colchão de folhas de carvalho, uma lâmpada de azeite, um prato, um jarro para água, um banco e alguns livros. Sabe-se que, um ano após a sua morte, o seu corpo, ainda intacto, vertia uma mistura de água e sangue, operando milagres em quem o tocasse.

Charbel articula algumas palavras, mas Assaad não compreende o que ele diz. Ele estende novamente as suas mãos. Assaad se esforça e consegue apertá-las. O calor das mãos de Charbel penetra a sua pele e atinge os seus músculos, que se afrouxam, sente a presença do santo em todo o seu corpo e começa a bocejar. Charbel olha para mim e faz um gesto para que eu me aproxime. Pega a minha mão esquerda e a posiciona no centro do peito do meu avô. E coloca as suas mãos no centro do meu peito. Assaad se agarra à pintura e desmaia.

O rosto de Charbel está encoberto pelo capuz, as palavras dele estão cheias de lentidão:

"Não há outro caminho senão o silêncio de todos os medos. Para que se alcance o segredo de se saber pleno, deixe adormecer abaixo da pele os ossos e músculos de sua face.

Há que se esquecer de ti, de suas vestes, de sua maneira de agir e de falar. Há que deixar que os antepassados, o pai, a mãe, os irmãos se desprendam dos seus braços, há que fugir do que lhe é conhecido e investigar o tesouro negado pelos sábios, esquecer a cor de sua pele e desejar o não desejar. Caminhar sem que os pés saibam do que são feitas as estradas.

Você é o obscuro clarão do raio por detrás das montanhas. Você e eu sempre estivemos aqui, mesmo que aqui seja, em outros tempos, o casebre de um miserável camponês ou o palácio de um sultão.

Se quiseres ouvir, não há outro jeito senão tapar os ouvidos com as mãos, assim como, se quiseres vencer, não há outro modo senão comungar a vida junto aos vencidos.

Não há outro tempo, nem outro espaço, não há como ser mais ou menos do que plantar os pés na terra e saber que somos apenas a miragem de uma gota de água no deserto.

Comece hoje a existir naquele ínfimo momento em que já não se reconhece nas coisas que te refletem e percebe na luz dos outros a porção mínima de fulgor que escapou de ti. Há que reinventar os gestos para não se ignorar e ter a sensação de não saber que em ti se movimentam os pés, os braços, os músculos, os ossos, os dedos e os olhos de tudo o que é maior, menor e na medida exata de ti.

Ouça o monólogo do ar, da terra, do fogo e da água, ouça o que te dizem, eles não sabem mais do que aquilo que são. Mas não tente, em hipótese alguma, ser o que eles são. É preciso que você saiba. A nós nos cabe apenas apreciar o canto que entoam e seguir como guardiões e servos, protegendo a sua jornada. Por isso, vive. Seja apenas aquilo que é. E não anseie por nenhuma verdade, além da compreensão da própria sombra."

Assaad abre os olhos, está abraçado à pintura. Lembra-se de que seu pai esteve presente à última missa celebrada pelo santo. Charbel era um primo distante. Youssef era o seu nome antes dos votos. Meu bisavô tinha 12 anos de idade e assistiu ao monge ser tomado por paralisia durante a missa; início dos seus dias de agonia.

"Primo Youssef", como o chamava meu bisavô, "preencheu todo o seu quarto de luz no dia de sua morte. O seu corpo brilhou durante horas e só apagou quando o encerraram em um caixão."

Assaad se levanta e pendura o retrato na parede. Recolhe o lápis e o caderno do chão. Ainda não havia chegado a sua hora.

Quando Charbel posicionou suas mãos no centro do meu peito, veio à minha mente a lembrança do dia 7 de setembro de 1980. Nunca antes desse dia eu havia sentido tanto calor. Eu desfilei montado num cavalo de madeira dentro de um jipe, rodeado por meninas vestidas de princesa, fantasiado como D. Pedro pelas ruas de Santa Bárbara D'Oeste. Imitando o nosso primeiro imperador, empunhei uma espada de plástico encapada com papel alumínio prateado e um bigode e costeletas postiças me transformaram naquele que bradou em 1822: "Independência ou morte!" E assim, com a espada em punho, escorrendo cola branca por cima da luva, sob um sol de rachar, passei o maior calor da minha vida até aquele momento em que as mãos de São Charbel pousaram em meu peito. Naquele dia 7 de setembro de 1980, decidi que jamais seria imperador de nada. Assim como hoje eu também sei que não serei e nem sou nenhum santo.

3. O FOGO

DEPOIS QUE EU FUGI de Mustafa, não sei dizer se desmaiei ou adormeci. Fiquei por muito tempo desacordado. Meu corpo foi encoberto e fiquei cego pela brancura da neve. Ensurdeci. Minha pele frígida já não podia sentir nem a dor do gelo a queimando. Mas de alguma maneira eu sabia que estava ali. Inerte. Tudo era branco, nada além de um imenso espaço em branco. Não havia nada. Não havia ninguém. Apenas a invisibilidade e o frio. Já não havia mais luta nem desejo, nem esforço, estava sendo tragado pela montanha.

Naquele único instante em que eu estava caído, pude sentir o que seria um dia sem o dia seguinte, eu já não me pertencia, já não era mais filho, nem irmão, me entregava e estava quase esquecendo o meu nome. Fiquei pensando se era assim que Adib imaginava não acordar no dia seguinte.

Se não fossem as mãos ásperas e cheias de calor que senti massageando os meus pés, talvez eu tivesse ficado ali para sempre, como um tronco de árvore sepultado pela neve. Entre a extensão do mundo do sono e a vigília, não tive a certeza de que minha experiência era real ou imaginária. Quando abri os olhos, me vi numa caverna. Havia uma fogueira na entrada, que o homem que me resgatou nunca deixava que se apagasse. Sentia como se o meu corpo estivesse congelado por debaixo da pele, entre os ossos e os músculos.

O homem, com vestes rústicas, tinha os olhos firmes e grandes e uma tranquilidade nos gestos. Sentado à minha frente, balançava o corpo de maneira circular e pronunciava um tipo de oração desconhecida para mim. Eu tentava articular alguma palavra, mas não me era possível descongelar os lábios.

Diante do fogo, ele aqueceu as mãos e as posicionou no centro do meu peito. O calor que irradiava de sua pele ia aos poucos derretendo o frio dentro de mim. Como se o calor de suas mãos pudesse alcançar o meu coração. Pediu, apenas gesticulando, que eu me sentasse e me deu uma caneca com chá.

"Beba, irá te fazer bem." Sua voz era suave, falava pausadamente.

Agradeci pelo chá. E, um pouco sem jeito, lancei a pergunta que estava agitando minha curiosidade.

"Por acaso morri e o senhor é Deus?" Ele sorriu e me disse:

"Seja bem-vindo à minha casa, não é sempre que recebo visitas." Sentou-se ao meu lado, pôs as mãos em meus ombros:

"Eu sou apenas isso que você vê. Nada mais."

"Isso quer dizer um Não ou um Sim?", insisti.

"Depende. O que você vê? Mas se quiser saber se está vivo ou morto, olhe para a vida lá fora. Se ao sentir o cheiro da montanha e das árvores úmidas, se a geada lhe fizer cócegas na face e isso lhe trouxer uma vontade de caminhar mesmo sem saber para onde, é porque está vivo. Se mesmo presenciando tudo isso não tiver nenhuma vontade de fazer nada, é por que está vivo também."

Fiquei sentado pensando nas palavras daquele estranho homem. Ele falava como Mustafa.

"Qual é o seu nome, senhor?" Era o que me restava perguntar.

"Abdul-Bassit."

"E o que faz morando numa caverna?"

"Sou um eremita." Diante do meu olhar ingênuo, o homem explicou: "Vivo em paz e em guerra, meditando e orando para Allah, o misericordioso, em nome do profeta Maomé."

"Em guerra?" Para mim, a palavra guerra não poderia estar junto da palavra paz.

"Sim, em guerra", ele afirmou. "Mas não falo da guerra que se luta contra um inimigo à sua frente, tão cheia de vaidades e sede de poder e glória. Falo da guerra travada consigo mesmo, a fim de não deixar que a sua voz abafe os sons preciosos que vêm da boca de Allah."

Só mais tarde eu soube que Abdul-Bassit era um monge sufi. E a partir daquele dia, passei a ler, em segredo, o livro que ele me deu de presente: o Alcorão. Eu sabia que meu pai não compreenderia e que minha mãe diria que não era certo. Que religião só se tem uma e que nós éramos cristãos. Mas Abdul-Bassit não me disse para mudar de religião, apenas me falou de Allah com a intimidade com que o meu pai falava do Cristo.

Percebi que os seus olhos, que a princípio se apresentaram enormes e firmes, agora estavam miúdos e frouxos, a ponto de escaparem deles pequenas gotas de lágrimas. Ajoelhado diante de mim, Abdul-Bassit apertou as suas mãos sobre as minhas e pediu que eu o perdoasse. Eu não tinha motivos para perdoá-lo, já que ele não tinha me causado nenhum mal, pelo contrário, havia me salvado de morrer congelado na neve. Ainda assim ele insistiu e suplicou o meu perdão. Confuso, sem saber o que fazer diante daquela situação absurda, disse que o perdoava.

Abdul-Bassit me abraçou e se prostrou aos meus pés. "Não o havia reconhecido, meu Senhor. Perdoe-me por não saber que eras tu, sempre tu, aquele que eu resgatei da neve."

Ao pronunciar tais palavras, Abdul-Bassit se pôs a girar fixado sobre uma das pernas, os braços, a princípio, cruzados sobre o peito, lentamente foram se soltando e, abertos, com a mão direita espalmada para cima e a mão esquerda levemente voltada para baixo, ele girava. Fiquei assistindo a sua dança e pude ler algumas palavras do profeta no tecido esvoaçante que vestia.

A caverna foi invadida por dezenas de pássaros e uma luz azulada tingiu as paredes. O fogo dançava com ele. Quando parou de girar, perguntei o que ele estava fazendo. "Eu estava louvando a Allah, por ele me permitir enxergar para além dos meus músculos e ossos." Fiquei hipnotizado por sua dança, pelo modo como me senti vazio, preenchido apenas por sua "oração em movimento", como ele explicou.

Em seguida, Abdul-Bassit me deu um abraço, sentou-se ao meu lado, bebeu um pouco de chá e me perguntou se eu conhecia a história dos cinco caçadores famintos. Diante do meu gesto negativo com a cabeça, ele pôs mais lenha na fogueira e me contou:

"Cinco caçadores famintos saíram para caçar um ganso. Um deles era cego, o outro era coxo, o terceiro era surdo, o quarto estava nu e o quinto tinha uma espingarda sem canos nem gatilho. Entre arbustos que não haviam crescido, buscavam uma ave que ainda não havia nascido. Caminharam e caminharam, por montes, vales e desertos, atravessando topos e abismos. Quando olharam para trás para ver o caminho já percorrido, se deram conta de que só haviam avançado dez centímetros.

O surdo disse: "Atenção, ouço o alarido de um pássaro!" O cego pôs uma mão sobre os olhos e disse: "Vejo se aproximar um ganso." O que tinha uma espingarda sem canos nem gatilho disparou e matou o pássaro. O coxo foi buscá-lo. O que estava nu guardou o pássaro em um dos seus bolsos. À beira de um lago, sem água ou margens, fizeram uma fogueira com galhos de arbustos que ainda não haviam brotado. Puseram a ave em uma panela sem fundo e começaram a cozinhá-la em uma água que não estava úmida sobre um fogo que não brilhava. Mas o ganso esticou o pescoço e não se deixou cozinhar. Mirava apenas o céu, nada mais, e deixava passar os dias. Quando quiseram comê-lo, viram que sua carne era mais dura que os seus ossos. Apesar de tudo, o devoraram, mas isso não os deixou satisfeitos. Os cinco caçadores não sorriram, nem tiveram prazer."

Ao fim da história, Abdul-Bassit se prostrou e uniu as mãos, silenciando por alguns minutos. A história tinha me causado tamanho estranhamento que não pude segurar o riso. Abdul-Bassit, depois de sua reverência, juntou-se a mim, e ficamos alguns minutos gargalhando dentro da caverna.

Essa história nunca mais saiu de minha cabeça. Contei-a aos meus amigos e aos meus filhos, quero contá-la aos meus netos. Confesso que ainda hoje não sei o real motivo de Abdul-Bassit tê-la me contado, mas, diante da possibilidade da morte, lembro-me dessa história todos os dias, o que me deixa ainda mais perplexo.

Abdul-Bassit se despediu de mim com outro abraço, e essa não seria a última vez que nos veríamos.

"Volte mais vezes, visitante da neve", ele disse. E foi nessa hora que me presenteou com o Alcorão.

"Para que te aqueça." E o aproximou do meu peito. Ainda nevava quando iniciei a descida da montanha, e quase havia me esquecido do motivo de eu ter me perdido na neve. Mustafa surgiu correndo em minha direção. Tinha os olhos tensos. Tremia nas patas. Os outros carneiros berravam.

"Não desça, Assaad! Não desça! Vi nossa casa cercada por soldados! É melhor que você fique por aqui." Olhei para a aldeia e vi os soldados turcos montados em seus cavalos e armados, cercando a casa dos aldeões. Mustafa insistiu para que eu não descesse. Achei melhor esconder o livro que ganhara de Abdul-Bassit debaixo de uma pedra. Talvez, se eu não tivesse descido.

Talvez as coisas estivessem de outro modo em minha mente hoje. Talvez eu fosse outro. Talvez a minha vida tivesse tomado outro rumo. Talvez, se eu não tivesse dito o que eu disse. Talvez, se eu tivesse ficado no alto da montanha com Mustafa e Abdul-Bassit. Mas não foi o que fiz. Eu desci.

A cada novo passo que eu dava em direção a nossa casa, Mustafa gritava e se punha à minha frente tentando me impedir, o céu se abrira, e não poderia haver céu mais azul e nem mais bonito do que aquele, as pedras incrustadas na montanha pareciam tomar novas formas, a neve pintava a paisagem e ocultava a pele nua da montanha. Eu cambaleava, caía, retomava o fôlego, o coração descompassado determinava os meus passos incertos. Mustafa berrava, o pai viu lá de baixo que eu descia.

"Fuja, Assaad!", ele gritou.

O chute que meu pai recebeu no estômago abafou o seu grito, que ficou encarcerado na garganta. Mas o gesto persistente com a mão dizia que era para eu não descer. Não havia mais essa possibilidade. Avistei Adib e Rafiq sendo levados para o alto da árvore. E cheguei até o quintal de nossa casa. Os soldados não se preocuparam com a minha presença. O algoz que forjava lentamente o nó da corda olhou-me nos olhos. Ele estava calmo e parecia se importar com o sofrimento de minha mãe.

Assaad dá voltas na pequena sala arrastando os pés no chão. As rugas em sua testa somam-se aos seus olhos vermelhos e borram a sua memória. Eu peço a ele que se acalme, mas Assaad não me ouve. Assaad não pode me ouvir.

"Por que você não vai embora?", ele grita. Como se soubesse da minha presença. Mas, em verdade, o recado não é para mim, é para a sua lembrança terrível. Assaad prefere esquecer. Era sempre assim que lidava com aquela memória, como se ela não lhe pertencesse, como uma história das mil e uma noites, como um lugar que ele só visitava quando estava sozinho e podia, sem ninguém por perto, esmurrar a parede e gritar, depois chorar como uma criança ferida. A verdade é que ele não esquecia. Esperava pelo milagre de ter um dia de pleno esquecimento, um dia sem lembranças, sem que o seu presente fosse atormentado com as histórias do seu passado.

Essa memória ficaria enterrada e distante das histórias de nossa família. Lucia e Vidókia eram muito novas quando tudo aconteceu. Talvez pelo trauma, elas não carregavam essa lembrança. Apenas meu tio Sami a receberia como herança de meu avô. Michel, meu pai, morreria sem conhecê-la. No entanto, uma memória por muito tempo aprisionada um dia transborda e preenche com um líquido espesso as fendas ocultas das sensações e experiências de toda a família.

Por muito tempo culpei Assaad por ter guardado esse segredo. Mais um dos seus muitos segredos. No entanto, agora ao seu lado, assistindo-o escrever suas memórias, dou início a sua e a minha absolvição, porque também eu carrego essa culpa. A culpa por não ter impedido os soldados turcos de matarem os seus irmãos. Mas como eu poderia? Mesmo assim, ainda sinto essa culpa correndo em meu sangue, esse colesterol genético. Essa gordura.

Ouvi de meu tio Sami outras histórias sobre a vida do meu avô no Brasil. De quando se prostrou ao chão de um posto de gasolina aos pés de um caminhoneiro que amaldiçoava o país e, Assaad, soluçando, vociferava ao homem que ele não fazia ideia do que era um país amaldiçoado, e beijava o chão, e levantava os braços para o céu. Foi nesse dia que Assaad revelou para ele o segredo que lhe pesava. E pediu a ele que jurasse não contar aos seus irmãos. Sami aceitou o fardo como uma herança silenciosa.

Cada palavra de meu tio reverberava em mim como uma tomada de consciência. Eu podia sentir que o meu corpo inteiro reconhecia aqueles fatos, como se soubesse antes de todas aquelas histórias, antes mesmo de serem contadas.

Alguns anos após a morte de Michel, eu recebi em sonho uma carta sua. Não consegui me lembrar de tudo, transcrevi o que me ficou na memória. Entre as suas palavras, uma frase: "Agora já não te chamo mais meu filho." Carreguei a carta durante quarenta dias em meu bolso. Depois, viajei para Santa Bárbara D'Oeste e fui ao túmulo onde ele está enterrado junto aos meus avós. O mesmo túmulo ao qual ele me levava quando criança para beijar a imagem de Assaad.

Sussurrei na grade que dava acesso aos caixões que não queria mais aquela história, que não precisava mais repetir os fracassos, as dores, as doenças, o ódio e os medos que assombravam a família havia tanto tempo. Sussurrei, articulando muito bem as palavras para que também Assaad pudesse ouvi-las com exatidão. Eu quero a paz de meditar sobre o seu jazigo, meu avô, sem que a desgraça do seu ódio permaneça em mim. Saiba que carneiros com insônia vagueiam em meu corpo. Estetas da memória a me sufocar enquanto durmo. Sou como um navio transportando entre os mares uma carga de lembranças alheias. Pedi para que ele perdoasse os soldados turcos que mataram os seus irmãos em Zahle. Depositei a carta sobre o mármore e a cobri com mel. Deixei uma foto minha 3x4 atrás da placa com a imagem, o nome, a data de nascimento e morte de meu pai.

Saí de lá com a certeza de minha escolha, a de não ter filhos. Não carregarei ninguém em meu colo para beijar o retrato do avô em sua lápide.

MEU CORAÇÃO se impacienta com o sangue grosso nas veias. Antes preciso dizer dos meus irmãos, Adib e Rafiq, esse áspero segredo que me flagela os ossos e me queima. Preciso dizer que até hoje não é possível que eu adormeça sem que eu veja, como uma pintura na parede do quarto, aquele carvalho, os seus velhos troncos e sua copa, e os meus dois irmãos mais velhos ali, dependurados e sem vida, com o tecido da corda amarrado aos seus pescoços curtos, as línguas expostas e roxas.

Dou uma pausa na leitura do que Assaad escreve para dizer que, enquanto ele ordena as palavras no papel, respira com dificuldade e engasga com a saliva. E essa imagem me põe aqui como observador a lembrar da dificuldade que eu tive na escola ao escrever as minhas primeiras palavras, a mesma falta de ar, a mesma respiração descompassada. Sou capaz de lembrar perfeitamente da primeira vez que escrevi no caderno escolar a palavra "cadeira" e me dei conta de que não poderia errar, pois se isso acontecesse, eu poderia cair da cadeira onde estava sentado. E depois vieram as palavras "mãe", "pai", "casa", "cavalo", "cebola". E o mesmo medo não me fazia errar. Assim, me tornei o melhor aluno da turma. Pois eu tinha medo de que minha mãe e o meu pai morressem, de que minha casa desabasse e que um cavalo me acertasse um coice, ou que tivesse que descascar cebolas no porão de um navio para sempre, como castigo.

Penso que Assaad talvez esteja com medo de errar ao narrar o assassinato dos seus irmãos. Medo de não ser fiel à sua história e que ela se apague, como um sonho que se esquece ao despertar.

Assaad escreve:

Os soldados turcos riam do desespero do meu pai. Menos um. Havia um soldado que parecia ter compaixão pelo nosso sofrimento. Meu pai suplicava para estar no lugar dos filhos. Riam de minha mãe com seu choro monocórdico. Riam das minhas irmãzinhas, da pequena Vidókia e a doce Lucia, que brincavam sem perceber a gravidade do que acontecia em seu quintal. Eu me lembro, eu tinha apenas 9 anos de idade. O pai arranhava com as unhas a terra e tingia com o pó do chão o seu rosto.

Os soldados fizeram com que ele escolhesse entre a safra de cevada e trigo ou entregar os filhos para lutar pelo império. Meu pai concordou que os meus irmãos fossem com eles, era uma época difícil e minhas irmãs, a mãe e eu poderíamos passar fome. Mas naquele dia talvez os soldados estivessem fartos do jeito tedioso de nossa aldeia e, mesmo sem motivo, penduraram Rafiq e Adib na árvore.

Lembro-me de ouvir os berros dos meus irmãos sendo levados para o alto do carvalho, iguais aos berros dos carneiros que fizeram coro com eles. Os olhos de terror de Rafiq e as lágrimas compassivas de Adib. A mãe encolheu-se ao pé da árvore, ficara miúda, engasgava. Eu avancei sobre um soldado, que com apenas uma das mãos agarrou-me pelos cabelos e me lançou ao chão e me chutou.

Percebi que apenas um dos doze soldados mantinha os olhos fixos em meus irmãos e parecia chorar. Lembrei-me do que dizia o pai, para não olhar nos olhos, referindo-se aos carneiros, senão corria-se o risco de se afeiçoar. Pensei que, assim como Judas Iscariotes, aquele soldado era um traidor por ter olhado em meus olhos, nos olhos dos meus irmãos e nos de minha mãe. Não apenas por ter olhado, mas por ter deixado escapar uma faísca de compaixão. Eu vi suas mãos trêmulas forjando os nós.

Quando os soldados nos deixaram, corri para o quarto de Adib, revirei as suas coisas e encontrei o seu "último poema", como ele dizia. Escrito na noite anterior.

A eternidade reside

no colapso do agora,

quando amanhecemos

uma imagem sólida nos pulmões

e um sopro de ar escapa líquido

por entre os dedos dos pés.

A alma em carne viva

é o fardo obscuro da casa,

sem peso, sem medida,

sem sombra nem luz.

Geometria sem saída

no ventre ou no túmulo,

onde moram

os fetos e os afetos

não nascidos.

Dançam de mãos dadas

a minha covardia e a minha coragem.

Arranquei o poema do seu caderno e o carrego até hoje comigo. Corri em direção ao meu pai, que se abriu num abraço doloroso. Mas eu neguei. Cuspi no chão e o amaldiçoei por ter deixado que os soldados matassem os meus irmãos.

"Covarde", eu gritei e repeti: "Covarde."

Suas mãos se levantaram contra mim e levei uma surra silenciosa. Quando eu já estava caído, o pai se deitou ao meu lado. O seu choro doía mais em mim do que a gravidade de suas mãos.

Vidókia e Lucia, agora assustadas, corriam pelo quintal aos berros. Aos poucos, os vizinhos foram surgindo e os homens da aldeia subiram no carvalho para desamarrar os corpos de Rafiq e Adib. Alguém trouxe um tecido para cobri-los. Algodão cru.

Nossa casa estava povoada, quase todas as famílias dos aldeões estavam ali. Exaltados, alguns gritavam: "Morte aos turcos!" Outros diziam que o problema era o profeta Maomé. Eu me lembrei de Abdul-Bassit, que havia dito que vivia em paz e em oração, em nome do profeta. Assim como ele, o pai também orava. Abdul-Bassit jamais mataria os meus irmãos. Não, ele não seria capaz. Abdul-Bassit havia me salvado de congelar na neve. Abdul-Bassit havia me contado histórias.

"A culpa não é do profeta!", gritei.

O silêncio se propagou pelo quintal e penetrou o ventre de minha mãe. Com um punhado de terra nas mãos, cavoucada na hora com brutalidade, ela encheu a minha boca e pressionou os meus lábios contra as suas mãos até que eu engolisse todo o conteúdo.

"Coma a terra, meu filho. Coma!", ordenava ela. "Essas palavras devem voltar de onde vieram."

Agora, ao escrever, sinto ainda o gosto da terra em minha língua. Meus ouvidos naquele momento se fecharam para as bocas que pronunciavam, provavelmente, frases de desaprovação, e mãos se levantaram, e dedos ficaram apontados para o meu rosto. Meu pai, ajoelhado diante de Rafiq e Adib, mortos, tinha o olhar boiando sobre o que restou da família.

Meus irmãos foram velados ali mesmo no quintal da nossa casa. Pela manhã, sepultamos os seus corpos no pequeno cemitério da aldeia, à beira da montanha.

Quando nos sentamos à mesa para o almoço e a percebemos desabitada, meu pai olhou para mim e sentenciou:

"Você deve ir embora." E juntou as mãos de maneira tensa.

"Nossa vida desmoronou, meu filho. Temos amigos que viajaram para o Brasil." Minha mãe o interrompeu dizendo que era uma loucura enviar um menino, era muito perigoso. A mãe quase nunca falava, era pela ação que se fazia notada. Quando mamãe falava algo era porque não podia explicar de outra maneira o que a afligia.

"Assaad terá sorte. Afinal, Deus o escolheu para ficar conosco. Ele deve seguir adiante, honrar a família."

As palavras do pai me preencheram de coragem. E foi em nome de vingar os meus irmãos que eu fugi de casa naquela noite, disposto a matar um soldado turco.

MAOMÉ NÃO TINHA culpa, nem Abdul-Bassit. Como era possível culpar o profeta pela morte dos meus irmãos? Abdul-Bassit falara dele com tanto amor que não me era aceitável atribuir o assassinato dos meus irmãos a ele.

Mas eu queria que minha mãe e meu pai soubessem que eu amava os meus irmãos, que eu também estava sofrendo e que os turcos deveriam pagar pelo que fizeram.

Depois que todos repousaram, eu peguei a adaga que meu pai guardava em um baú e fui para longe da aldeia até um dos quartéis da milícia turca. Eu sabia que um garoto como eu não chamaria tanta atenção. Na madrugada, era provável encontrar alguns soldados dormindo.

Minhas mãos tremiam ao contato com a lâmina fria da arma, minhas pernas formigavam. Eu estava pronto. Sabia que precisava fazer aquilo, que os meus irmãos deveriam ser vingados. Meu pai só usava a adaga na cintura em ocasiões especiais, como casamentos, festas, ou quando precisava viajar até outra cidade ou aldeia para negociar alguma mercadoria. Mas ele afiava a lâmina toda semana.

Um pequeno grupo com cinco soldados conversava em frente ao quartel. Passei longe da vista deles e segui para os fundos. Avistei um soldado de aparência bem mais jovem do que aqueles que eu acabara de ver. Estava encostado em uma porta, segurando uma baioneta entre os braços, ele roncava. Tinha as botas desamarradas e o cinto da calça afrouxado. Eu não poderia demorar ali muito tempo, qualquer vacilo e eu morreria.

Aproximei-me escolhendo cada movimento para não provocar nenhum ruído. Mas aquele soldado parecia estar exausto e não acordaria tão fácil. Pensei naquela hora, olhando para o seu rosto, que talvez eu devesse desistir. Aquele lugar cheirava a bosta de cavalo e sangue. Cheirava a vingança e morte, dor e raiva, humilhação e desespero. Meus pulsos agora, além das minhas mãos, tremiam, o tremor subia para os braços ao segurar a adaga. Recuei. Respirei com dificuldade. Cometi dois erros: o primeiro foi olhar para o rosto do soldado dormindo e mirar apenas algumas partes, como o nariz, depois as orelhas, o queixo e o contorno das sobrancelhas. Era preciso olhá-lo por inteiro, como algo, como coisa, e não alguém com suas particularidades. Eu não havia aprendido nada com meu pai. Segundo e pior erro: vi-me sentado em seu lugar. Vestindo a sua roupa, dormindo o seu sono, usando as suas botas. Percebi que mesmo naquele frio meu corpo inteiro estava molhado, coberto por um suor viscoso, com cheiro de sangue e bosta de cavalo.

Era preciso decidir. Espantei todos aqueles pensamentos como quem expulsa um cachorro de dentro de casa e fiz o que deveria ser feito.

Jamais me esquecerei da sensação da lâmina rasgando a pele do seu pescoço, e de como os seus olhos aterrorizados se abriram e se fecharam num instante, denunciando a minha covardia, do suor em minhas mãos misturando-se ao seu sangue que lhe escapava desorientado. Do som mudo do seu corpo tombando junto com a baioneta. E jamais me esquecerei do crucifixo que saltou de dentro de sua farda. E da frase que, em seguida, escapou da minha boca, minúscula: "Ele era um dos nossos."

Corri para o rio e mergulhei em suas águas para me limpar. Fiz do Bardauni meu cúmplice e lhe implorei que lavasse aquele sangue de minhas mãos, que limpasse aquela mácula do meu destino. Prendi a respiração o máximo de tempo que pude aguentar. Naquele dia, eu deixei minha inocência no rio.

ASSAAD GRITA para Karima, dizendo que irá sair e voltará logo. Eu o sigo pelas ruas de Santa Bárbara D'Oeste, até chegarmos ao rio Ribeirão dos Toledos. Assaad senta-se à margem e mergulha os pés na água. Encontrar o ribeirão ainda possível para o banho é uma surpresa para mim. Assim como descobrir que Assaad havia assassinado um soldado. Esse segredo de meu avô nem mesmo Sami o conhecia.

Sento-me ao seu lado e também mergulho os pés na água corrente. Assaad retira um canivete do bolso e espeta a ponta do dedo indicador. Mergulha a mão no rio e deixa que as águas levem um pouco do seu sangue e do seu segredo.

Assaad está sozinho, povoado de maneira dolorosa por suas lembranças. Quase não tenho acesso ao que Assaad pensa agora, o trânsito de mil pensamentos nubla a minha visão. Mas um pensamento, especificamente, é muito forte e escapa como se quisesse se sobressair aos outros.

Ele sente que poderia morrer ali, ao lado do rio. E fica tranquilo com essa ideia. O rio o acalma, diante dele até a sua respiração muda, suas mãos relaxam, os olhos se amansam. Assaad mergulha as mãos na terra e arranca um pouco do mato rasteiro e o esfrega entre os dedos. Faz tudo isso num gesto lento e compassivo, como se cada movimento fosse algo especial, para ser vivido sem pressa. Fecha os olhos. Ouço-o sussurrar algumas palavras.

Tento compreender o que ele diz, mas Assaad fala em árabe. Só consigo reconhecer a palavra Allah. Provavelmente deve estar pronunciando alguma surata do Alcorão. Abdul-Bassit está agora em sua mente. Esse é outro segredo que meu avô guarda. E sempre guardou, pois ninguém da família jamais falou sobre o fato de que, apesar de ser cristão, meu avô também lia o livro sagrado dos muçulmanos.

Assaad tira os pés da água, veste os chinelos, e eu o sigo em direção à casa. Pega o caderno. Senta-se à janela e escreve:

Saudades de Abdul-Bassit. Saudades de Mustafa.

Saudades de Abdul-Bassit. Saudades de Mustafa.

Saudades de Abdul-Bassit. Saudades de Mustafa.

Saudades das montanhas de Zahle.

Espera que, ao repetir diversas vezes os seus nomes, eles possam ouvi-lo e, quem sabe, vir ao seu encontro.

Assaad interrompe a escrita ao toque da campainha. São os seus filhos, Sami e Michel, que vieram visitá-lo. Quando decidi aproximar-me de meu avô e acompanhá--lo em suas memórias, eu sabia que correria esse risco, o de ver o meu pai jovem.

Michel cumprimenta Assaad com um aperto de mão. Eu me encosto à parede para me apoiar e tento restabelecer em mim o motivo de eu estar ali. Já aprendi a viver sem a presença de meu pai em minha vida. Michel morreu há mais de dez anos, mas a sua aparição inesperada, confesso, me deixa desorientado. A ferida de sua ausência demorou anos para cicatrizar. Por um instante, quero levantar e ir até ele para abraçá-lo. Mas sei que isso não é possível.

Lembro-me de que no dia de sua morte persegui o seu cheiro nos móveis da casa e em seus objetos pessoais, como um pequeno pente que guardo comigo, quis pegar a sua mão fria dentro do caixão na esperança de que algum calor pudesse existir em seu corpo, quis dar a minha vida para que ele vivesse, quis que ele falasse ou escrevesse algo para mim. Eu, que só conhecia o mundo nos livros. Eu, que não percebia a vida, que somente reagia a gestos brutos e deixava coisas inacabadas pelo caminho. Passei horas em frente ao seu túmulo tentando compreender que jamais tornaria a ver o seu corpo novamente, que ele estaria ali por algum tempo se decompondo e que sua imagem iria aos poucos se tornar a minha memória. Eu teria dele as impressões que, a partir daquele momento, comecei a reinventar para mim. Como nossas vidas juntas e os nossos momentos bons e ruins. Tudo seria transformado em experiência que não sei mais dizer o que realmente aconteceu ou o que eu hoje acredito ter acontecido, ou mesmo tenha inventado.

Mas no ano de 1966, Michel está morando em Sorocaba, estudando Direito e só pode vir visitar meu avô poucas vezes, aos finais de semana.

"E o meu neto e minha nora, onde estão?" Meu avô se refere ao meu irmão mais velho e à minha mãe. Michel explica que estão com os meus avós maternos.

"A mãe disse que o senhor não está muito bem, que anda estranho. E as dores, passaram?", Michel pergunta.

Da última vez que o viram, Assaad estava acamado e sentia pontadas no peito. Disse que não suportava tamanha dor. Era melhor morrer. E em voz baixa deixou escapar: "Eu deveria estar morto há muito tempo."

"O que tem nesse caderno, meu pai?" Sami observa que ele o segura com força.

"Contas, meu filho. Contas a pagar."

Minha avó se aproxima e serve um aperitivo. Pão e zaatar com azeite. Assaad veste o chinelo e uma camiseta branca. Ajeita-se no sofá e, enquanto come, observa que Michel está mais calvo e Sami parece ter engordado um pouco. Michel preenche o pão com a pasta de zaatar e se lembra de quando o pai amarrou Sami à mesa para lhe dar uma surra e ele teve que se calar para não apanhar também. O pai agora lhe parecia um homem menos ameaçador e amargo. Sentia-o mais cansado. Lento. Sami olha para o relógio de cuco e se lembra do dia em que ele foi colocado ali. Presente do tio Amin, irmão de Karima. Assaad capta o olhar de Sami e diz: "Ainda arrebento esse cuco maldito."

Michel, mastigando o segundo pedaço de pão, lembrou-se ainda da última viagem que os três fizeram juntos, para vender os tecidos no caminhão de Assaad. Na estrada, enquanto Michel discursava sobre o futuro promissor dos negócios da família, de como poderiam investir, nas possibilidades de ganhos e em como conseguir mais fregueses, um caminhão cheio de bananas passou por eles. Assaad interrompeu a fala entusiasmada do filho:

"Michel, mesmo que você estivesse com muita fome agora, quantos cachos de bananas daquele caminhão você conseguiria comer?"

"Mas que pergunta é essa, pai?"

"Quantos? Responda", Assaad quis saber. A estrada estava vazia, apenas um ou outro caminhão cruzava o caminho deles.

"Sei lá, talvez um cacho", Michel respondeu.

"Pois então, por que você quer o caminhão inteiro?"

Sami soltou uma gargalhada. Depois Michel. Assaad foi o último. Durante os trinta minutos que se seguiram até a cidade mais próxima, os três riram e contaram piadas, lembraram-se de cenas engraçadas da família, como quando Martha nasceu e a família de Karima se hospedou na casa, e Assaad soltou um peido silencioso na sala. Tia Zuleica rezava o terço. Ela se contorcia rezando a Ave-Maria, mas não saía de lá. Apenas coçava o nariz para espantar o mau cheiro. Os três quase morriam de tanto rir na cozinha, imitando os gestos da tia.

Michel engole o pedaço de pão e a campainha toca. Todos os que estavam faltando para o almoço chegam. Martha e Juarez; Cleusa, minha mãe trazendo o meu irmão mais velho, Marco Antonio, com apenas 2 anos de idade. Zenide, esposa do meu tio Sami, Lucia, irmã de meu avô, e José, seu marido.

Karima pede a Sabri que venha se juntar à família. Prefiro deixá-los a sós. Eu não sou um convidado deste almoço. Ainda não sou uma existência, apenas uma probabilidade. Saio e me sento à calçada. Ouço os talheres se tocando nos pratos e o embaralhar de vozes. O sol alto atinge a minha pele com força e deixo que me queime. O suor que se forma em minha testa deságua pela têmpora e percorre a nuca e o pescoço.

Estou envolvido por minhas sensações quando sou acometido por uma tentação, a de abandonar o meu avô e suas memórias e voltar à banalidade do meu cotidiano, e não mais saber de nada, e esquecer o ano de 1966, e deixar as coisas como sempre foram. Decido caminhar um pouco pelas ruas da cidade. Mas não posso mentir, meu objetivo é chegar à Rua Inácio Antonio, 630, endereço da casa em que vivi durante 25 anos de minha vida. Em 1966, o sobrado ainda não pertence à nossa família. Meus pais só se mudaram para lá na década de setenta. No momento em que escrevo estas linhas, ele já deixou de nos pertencer. No entanto, sonho com ele quase todas as noites.

Sentado na calçada e contemplando a casa, sei que Michel também esperava de nós, de mim e de meus irmãos, que vingássemos o destino da família. Mesmo ele não tendo consciência das histórias por detrás desse desejo. Michel esperava, como um soldado ferido em batalha, que os seus companheiros viessem resgatá-lo e curá-lo.

Por muito tempo carreguei, mesmo sem saber, essa missão nos meus bolsos e em todos os orifícios do meu corpo. Hoje sei que não tenho esse dever a cumprir. Não me cabe perdoar ou amaldiçoar os soldados que mataram os irmãos do meu avô. Meu único propósito não é nem com Assaad, nem com Michel, mas com as palavras que escrevo neste momento. Estas palavras servem à minha consciência, que não me trai, assim como eu não a engano. O fato de não ser um convidado daquele almoço me traz um sentimento de não pertencer à família, de não ter lugar naquela mesa, de não fazer parte da história daquelas pessoas. Mas é inevitável. Eu pertenço. E o que a princípio me causa estranhamento em seguida me liberta.

Nesse momento em que eles se confraternizam, posso ver a todos como estranhos. Michel ainda não é meu pai. Sami ainda não é meu tio. Karima e Assaad ainda não são meus avós. No ano de 1966, eu ainda não nasci. Só terei acesso às suas vidas muito tempo depois e de outro ponto de vista, como filho, sobrinho e neto.

ASSAAD ESTÁ DORMINDO no sofá. Todos já foram embora. Sento-me numa poltrona à sua frente e me distraio com uma rachadura na parede. Lembro-me de Haia. Estou há tanto tempo longe de pensar em Haia que não posso sequer imaginar o motivo de sua imagem ter sido evocada para mim ao olhar para uma rachadura na parede. Quase não sei mais quem ela é. Mas penso que não foi à toa que ela apareceu em minha memória. Gostaria que Haia estivesse aqui agora. Que ela pudesse romper, assim como eu, a barreira ilusória do tempo e do espaço. O silêncio entre nós já dura muitos anos, mas sinto a sua presença, é quase física, e posso tocar a ponta de seu nariz com meus lábios e sentir o aroma de mirra que o seu corpo sempre exalou nos dias quentes.

Filha bastarda de meu avô, eu me apaixonei por Haia antes de saber que ela, na verdade, era minha tia. Haia tinha 25 anos, e eu, 17 quando nos beijamos pela primeira vez. Foi Haia quem me ensinou a mover os quadris de maneira circular durante o sexo, foi ela quem leu para mim poemas de Whitman, Pessoa e Drummond. Dizia que todo poema deveria ser lido em voz alta. Haia me apresentou o *Livro da vida*, de Santa Teresa D'Ávila, e foi com ela que dividi minha primeira garrafa de vinho, meu primeiro porre e minha primeira ressaca.

Com Haia eu irrompi minha consciência para as dores do mundo, para os miseráveis, os oprimidos das cidades e dos campos, para a libertação da Palestina e do Tibet, para a seca no Nordeste, a devastação na Amazônia, para os esfomeados na Etiópia e os horrores de toda e qualquer guerra. Com Haia aprendi a meditação de tradição zen-budista e a conhecer melhor os desejos do meu coração.

Encontrávamo-nos em sigilo, longe de todos. Haia não morava em Santa Bárbara. Vinha de São Paulo e ficávamos numa pequena casa que ela alugava na periferia da cidade. Não podíamos ser vistos no centro. Não foram poucas as vezes em que amanheci com Haia sentada à beira da cama. Os seios em oferenda. Ela fingia não saber que se oferecia. Vestida de branco, sempre de branco. A luz do quarto a revelar a sombra morena do seu corpo. Haia me fazia cócegas quatro dedos abaixo do umbigo. Suas unhas leves me contorciam o corpo. Acolhia-me em pose de bebê no ventre. Esquecia, em êxtase, do meu próprio nome e de onde estava.

"Cócegas?", ela me provocava. Diante da interrogação, eu meneava a cabeça gesticulando um sim sonolento. "Sai dessa cama!" E puxava o lençol. O meu corpo nu revelado. Haia ajoelhava-se fingindo timidez, enquanto uma melancolia tensa me dominava, o membro em desalento. Ela me cobria. Depois, num gesto rápido, tirava a calcinha por debaixo da saia e a lançava para mim. "Se vista. Já é tarde." Vestido com a calcinha de Haia, eu corria para o jardim. E lá a encontrava espichada na grama sob o sol, de biquíni negro. Minúsculo. Os olhos também negros, indispostos nas pálpebras, fingiam não perceber a minha presença pelas fendas. "Venha banhar-se desse sol. Você está desbotado", ela dizia. Pedia que eu me aproximasse e cheirava o meu pescoço e lambia o ápice da minha orelha. "Um gosto de mofo, uma coisa úmida e velha", ela sentenciava.

Talvez eu devesse esquecer Haia para sempre. Talvez ela esteja morta. Talvez eu devesse matá-la. Mas o biquíni negro. Minúsculo. Escondendo apenas o sexo e o bico dos seios, não podem fazer bem a uma morta. Penso que Haia, transformada em cadáver, quisesse a mesma coisa que eu em suas fantasias.

Haia não conheceu Assaad. Quando ela nasceu, ele já havia morrido. Karima nunca a aceitou, pediu a ela que fizesse o favor de desaparecer do mundo. Apenas eu conheci esse segredo de Assaad.

Haia saiu da minha vida quando eu completei 21 anos. Apenas se despediu dizendo: "Não mais." Disse que o universo tinha uma missão maior para ela. A última carta que me escreveu vinha do Japão. Haia fora estudar o zen-budismo. Na carta, sem nenhum endereço no remetente, havia apenas um koan:

"Qual era a tua face antes dos teus pais nascerem?"

E nunca mais tivemos contato. Haia me dizia que meu avô era loucamente fiel à sua mãe. E que a amou verdadeiramente.

Eu preferia que ela calasse e não fizesse tantas perguntas. Sabia da devastação causada por uma pergunta. Sabia que algumas indagações deveriam ser espancadas até responderem a si mesmas o que temem saber.

Só que antes de evaporar-se da minha vida, Haia me deu um presente.

"Eu lhe trouxe um cordeiro." O pequeno animal chorava em seu colo.

"O quê?"

"Um cordeiro, Marcelo. Vai me dizer que nunca tinha visto um cordeiro antes?"

"Mas você sabe que eu não como mais carne, Haia. Nós já conversamos sobre isso."

"Não se trata de um animal para ser comido. Achei que você estava muito sozinho nesse lugar. O pobrezinho ia ser sacrificado, nasceu coxo." E foi assim, dando ênfase à frase "O pobrezinho ia ser sacrificado, nasceu coxo", que eu me compadeci e aceitei aquele cordeiro como meu animal de estimação.

"Você o aceita? Eu até venho te visitar mais vezes se você ficar com ele." Pensei na figura do Cristo, que a minha mãe tantas vezes evocava à mesa antes das refeições, na coroa de espinhos a ferir a sua carne. Em Assaad ainda menino pastoreando carneiros nas montanhas de Zahle.

Nessa época eu ainda não sabia da relação de meu avô com Mustafa. O que hoje me faz pensar que Haia sabia muito mais de Assaad e de suas histórias do que eu.

Dei ao cordeiro o nome Khnum, igual ao deus egípcio, metade homem, metade carneiro. Prometi a Haia alimentá-lo com as mãos, fazer carinhos em seu queixo e levá-lo para passear como um animal doméstico. Quem sabe até encontrasse uma montanha. Aliás, poderíamos nos mudar e ir morar numa montanha. Em Minas Gerais. Mas eu nunca fiz a proposta.

Há um dito popular que diz que do carneiro só não se aproveita o berro. Mas como eu não iria explorar a vida de Khnum como fazem os criadores, tive tempo de saber que o berro de um carneiro é a sua imensidão íntima, doada em forma de som para o mundo. Quando um carneiro berra, ele expressa a sua angústia, raiva, medo ou alegria. O berro de um carneiro é a maneira dele de se comunicar com Deus. O Cristo berrou: "Pai, por que me abandonaste?"

Haia se foi. Desapareceu da minha vida. Eu também fiz as malas e levei Khnum comigo. Precisava estar longe de todos e pensar em meu futuro.

SE NÃO FOSSE o surto de tosse de Assaad, eu não teria acordado. E saberia de Haia muitas outras coisas, como o seu atual endereço, ou talvez eu pudesse perguntar mais sobre a vida de Buda ou do próprio Assaad. Penso se isso é possível, se apaixonar por alguém que você apenas conhece em sonhos. Há toda uma vida acontecendo lá no inconsciente. O bom de sonhar com Haia é que eu não preciso trazer para a minha vida a crise de ter uma relação incestuosa, e assim, vivendo o meu amor por Haia, apenas na recorrência dos meus devaneios, sou livre para fazer o que eu quiser com ela.

⚜

SAUDADE DE Abdul-Bassit. Saudade de Mustafa, saudade das montanhas. Assaad escreve.

Alguns dias depois de eu ter assassinado aquele jovem soldado, subi a montanha à procura de Mustafa e Abdul-Bassit. A geada feria os meus ossos e queimava a minha pele. A neve caía mansamente dos céus e se sobrepunha às camadas de gelo no solo. Encontrei-me com Mustafa, que adivinhara em meu rosto um sinal de desespero.

"Venha e se aqueça em minha lã." Sua voz estava grave e diferente das primeiras vezes em que nos falamos. Parecia que Mustafa havia envelhecido muito rápido em pouco tempo. Encostei-me a uma árvore e recebi o calor do seu corpo.

"Agora está feito", ele me disse. "Não há como a lâmina tornar-se agulha para fazer a sutura do corte. Não há como a lâmina deixar de ser lâmina para ser pedra ou pau. Não há vingança possível que possa trazer de volta aqueles que foram mortos."

"Mas e agora, Mustafa, o que será de mim?" Foi quando ouvi a voz de Abdul-Bassit.

"O que será da pedra, senão pedra. Do animal, senão animal, do vegetal, senão vegetal. O que será da dor, senão dor. E o que será de Assaad, senão Assaad?"

Abdul-Bassit também parecia mais velho. O que não fazia sentido para mim, pois só havia passado poucos dias. Estava mancando. Tossia. Pediu que eu me levantasse, ajeitou a minha perna esquerda como ponto de apoio na neve e me pediu que com a perna direita eu fosse dando pequenos impulsos, de modo a girar sobre o meu próprio corpo. Cruzou os meus braços sobre o meu peito, acomodou minhas mãos na altura dos ombros, mantendo o meu braço direito por cima do esquerdo e, depois de algum tempo, solicitou que eu abrisse os braços; o direito com a mão voltada para o céu e o esquerdo que o abaixasse e mantivesse a palma da mão voltada para a terra. Os meus olhos deveriam se fixar na mão esquerda. Pediu que eu continuasse girando, girando, girando, da direita para a esquerda. "Ao redor do coração", ele dizia. E assim eu dancei com Abdul-Bassit, a dança sagrada dos dervixes. Ficamos por pelo menos umas duas horas dançando, creio eu. Ou apenas por alguns minutos. Não sei.

Abdul-Bassit parecia estar mais jovem depois da dança. Olhei para ele e perguntei:

"Afinal, quantos anos você tem, Abdul-Bassit?" "Eu tenho 5 anos", ele respondeu.

"Isso não é possível", eu ri. "Diga a verdade."

"Foi o que o santo sufi Bayazid Al-Bastami respondeu em certa ocasião, quando lhe perguntaram a sua idade. Disse o santo que tinha apenas 4 anos. Pois a visão de Allah fora abafada pelo mundo durante setenta anos e só havia se revelado a ele nos últimos quatro anos de sua vida. Quanto a mim, tenho apenas 5 anos, fiquei na escuridão nos últimos cinquenta."

Encontrei-me com Abdul-Bassit mais duas vezes antes de vir para o Brasil. Em nosso último encontro, ele me disse que a sua vista embaçara e já não enxergava tão bem. Ele pedia que eu me sentasse próximo para que pudesse sentir o calor da minha presença.

Fiquei sabendo pela única carta que me enviou que havia ficado cego.

"*Querido Assaad,*

Dito esta carta para uma grande amiga sua, Samira, pois já não consigo escrever, as letras escorregam no papel e não formam um conjunto de palavras que possam ser compreendidas. Desde que você se foi para o Brasil, muitas coisas aconteceram por aqui. Meus olhos não suportaram ver tanto sofrimento e ódio. Fui expulso da montanha e da caverna em que nos conhecemos e vivo, hoje, sem me fixar a nenhum lugar. Conto com a bondade de alguns poucos moradores da aldeia e das cidades vizinhas por onde passo.

Allah se mostrou em plenitude para mim, meu pequeno amigo. Eu o vejo todas as horas do dia e o sinto em todas as minhas ações. Gostaria que você pudesse estar aqui para que visse comigo essa luz, mesmo sem poder ver as coisas do mundo eu consegui vê-lo. E toda vez que toco a face de alguém, ele aparece para mim. Assaad, meu pequeno amigo da neve, escrevo também para me despedir, não devo viver muito mais. Sinto que o meu tempo está se esgotando. Sou grato por nossa amizade e por ter dançado comigo.

Com Amor do misericordioso,

Do amigo Abdul-Bassit

Assaad afasta a mesa do centro da sala, ajeita-se repetindo os gestos e movimentos ensinados por Abdul-Bassit no alto da montanha em Zahle, quando ele era apenas um menino. Gestos que nunca escaparam de sua memória. Se Abdul-Bassit estivesse ali, ele pensa, diria que é preciso se concentrar, silenciar a mente, deixar que o seu corpo se entregue ao universo e não se apegue a nenhuma dor e a nenhum desejo, que apenas esteja presente. Assaad sente faltar o ar e o seu coração parece avisá-lo de que não há mais muito tempo.

Eu me sento à janela e me dou o direito de ser espectador. Acompanho a coreografia mística de Assaad. Suas mãos cruzadas sobre o peito aos poucos vão se soltando em direção ao céu. A cabeça levemente para o lado. O corpo girando lentamente no sentido anti-horário. O braço direito com a mão espalmada para cima e o braço esquerdo para baixo com a mão voltada para a terra.

Assaad gira e parece não se importar com a presença de Karima na cozinha. Mas minha avó está concentrada e não o vê. Eu o assisto glorioso e sei que para se lembrar de maneira tão próxima de Abdul-Bassit, Assaad precisa dançar como um dervixe.

A sala parece respirar, transforma-se num templo, e as paredes também se movimentam. Assaad busca o ar com dificuldade e gira fora do eixo. Cambaleante, tropeça em seus pés, não consegue se equilibrar e cai.

Deitado no meio da sala, os olhos voltados para o teto, Assaad diz em voz alta: "Abdul-Bassit, seu professor de merda!" E solta uma gargalhada que chama a atenção de Karima.

"Está rindo do que, Assaad?"

"De uma velha piada", ele responde. Mas Karima não lhe dá mais atenção.

Assaad pensa que se Abdul-Bassit o visse despencando no chão, diria:

"Allah tombou ao chão contigo, para que não tivesse medo da queda."

4. O OCEANO

"PROLAPSO DA VÁLVULA mitral." Foi o resultado do meu Ecocardiograma.

"É benigno, não se preocupe. Disso você não morre. Tem muita gente que vive assim e nem sabe. Nasceu com você, Marcelo. Vê?" Dra. Bárbara disse exatamente essa frase apontando para as imagens no exame.

"É uma curvatura leve bem aqui no coração. Provavelmente genético."

Mais um nome para a minha coleção de heranças genéticas: prolapso da válvula mitral ou síndrome de Barlow. Colesterol. Gordura no sangue. Carneiros. Medo. Fungos nas unhas dos pés, calvície, ácido úrico. O que significa que eu já nasci assim, com todos esses atributos. Assim como nasci com esse nome, essa boca, esses olhos, essas orelhas, essas mãos e esse nariz. Minha salvação. O nariz eu pude modificá-lo com uma cirurgia plástica aos 15 anos de idade. Era muito grande para a minha cabeça pequena. O que talvez seja um bom sinal, não o tamanho da cabeça, mas a possibilidade de mudança. Nem tudo no mundo é maldição hereditária. Compreendi que a maldição pode ser redesenhada aos pés das nossas árvores genealógicas pela didática do devaneio.

Eu tenho uma deformidade ligeira no coração, que pode romper, deixando com que o sangue o inunde, e aí é o fim. Mas é raro. Talvez seja necessário romper o ciclo genético, não sei como isso seria possível. Meu pai, meus tios, meu avô, Mustafa, todos com sangue grosso nas veias. Por isso, preciso evitar comer tudo que provém dos animais: leite, queijo, carne, ovo. Uma lista infinda. Quando se vê, quase não sobra nada. Já me perguntei diversas vezes: por que existem quindins? Eles não deveriam ser proibidos? E quem fosse pego comendo um deveria ser preso, no mínimo multado, e prestar serviços à comunidade, acusado de ser cúmplice do LDL. Agora me diz como é que se faz para manter uma alimentação saudável com tanta porcaria irresistível por aí?

Azeite de oliva extravirgem. Abacate. Castanha-do-pará, granola, aveia, fibras. Vinte miligramas de sinvastatina por dia, minhas orações a São Francisco de Assis, Maomé, Buda, Krishna e Jesus Cristo. Minha comunhão com os entes da floresta. Não meço esforços para salvar de um colapso as minhas artérias. Chocolate? Proibido. Recomendado é beber muita água, fazer exercícios físicos, não ficar estressado. Por isso ouço Bach, tenho todos os discos dos Beatles, uma compilação de *music for meditation*. Adoro ler contos de fadas antes de dormir e bebo um cálice de vinho tinto seco por dia para afinar o sangue. Mantras budistas e cantos gregorianos também me acalmam. Mas o meu verdadeiro dilema é a dispersão e a falta de disciplina. Não consigo manter regularidade por mais de três dias. Esqueço e não faço exercícios físicos, ouço Joy Division, leio Kafka, Camus, Dostoiévski, não tomo os remédios, vou meditar ouvindo Lou Reed, esqueço-me das castanhas-do-pará. Simplesmente esqueço. Não se trata de ato falho. Não sou um suicida *moderato*. Se tivesse que me matar, seria de uma só vez. Um mergulho no vazio. Um salto como aquele do Yves Klein. Mas, definitivamente, essa possibilidade não está dentro dos meus planos.

Talvez minha memória seja genética. Minha falta de disciplina e o meu corpo inteiro, genéticos. Os meus cabelos caindo, genéticos; as minhas dúvidas, as minhas escolhas, os meus óculos, os meus sapatos. Todos genéticos. Será que o fato de eu gostar do Nat King Cole é porque o meu pai também gostava? Mas o James Brown fui eu quem apresentou a ele. Talvez eu continue gostando de ouvir James Brown porque Michel também gostava.

Talvez tudo o que sou e vivi e li também faça parte, hoje, da minha estrutura genética. O que em tese me faria não saber identificar aquilo que recebi daquilo que, supostamente, nasceu comigo. Talvez seja assim, o edifício genético é uma obra em constante construção.

"Você tem o pescoço curto, rapaz! Ih, é igual ao meu. Vê?" Meu tio Sami me disse isso como se soubesse, ao olhar para o meu pescoço, qual seria o meu destino.

NÃO FALEI SOBRE Samira. Minha paixão na infância. Eu iria me casar com ela e iríamos viver juntos para sempre, viajaríamos pelo mundo todo. Era o que sonhávamos olhando para as nuvens e torrando os nossos miolos, deitados sobre uma pedra na montanha, expostos ao sol. Brincávamos nos cerros e estávamos prometidos um ao outro. Lembro-me de quando Samira não pôde ir à festa de meu aniversário de 7 anos. Escondi-me de todos e passei o resto das horas sofrendo a sua ausência dentro de um armário.

Não fosse o domínio turco e a guerra, hoje eu poderia morrer com as mãos de Samira segurando as minhas. A imagem de Samira está sumindo aos poucos da minha memória, uma velha fotografia apagada pela ação do tempo. Primeiro o lado esquerdo do seu corpo foi se esquecendo. Depois foram os seus dedos que se borraram. Já não a tenho com precisão. Lembro-me apenas dos olhos cor de caramelo, dos lábios grossos e dos cabelos longos e negros. Mas não me lembro do som da sua voz, nem de suas canções preferidas ou do jeito como sorria. Não sou capaz de me lembrar dos seus gestos mínimos. Com qual mão ela segurava uma caneca para beber água?

Como amarrava as sandálias ou penteava os cabelos? Lembro-me apenas de que Samira adorava comer o arroz com aletria.

Agora sei que a minha morte se aproxima. Queria as mãos de Samira para apertar. O sentimento de se saber finito nos leva à infância, quem sabe a lembrança da alegria de Samira correndo pela aldeia seja apenas um conselho que a morte me dá, de que não é o fim. Não sei.

O último dia em que vi o seu rosto foi no porto de Beirute. Samira pediu a seu pai que viesse junto com minha família para se despedir. Eu imaginei que nunca mais nos veríamos e chorei por nossa amizade perdida, e nunca mais nos vimos. Chorei por nosso amor não consumado, por nosso destino seguindo caminhos diferentes. Chorei naquele navio por tudo o que eu não poderia levar comigo. Chorei por Mustafa, por Abdul-Bassit, pelas montanhas, por minha mãe, por meu pai, por minhas irmãzinhas, Vidókia e Lucia. Chorei por Rafiq e Adib. E chorei pelo jovem soldado.

Subi ao navio com dezenas de pessoas. Consegui, no meio de tantos rostos que choravam no cais a partida de seus familiares, encontrar os rostos por quem eu deveria chorar. Com a mão esquerda eu me despedia deles e mantinha os olhos em Beirute. Com a mão direita eu me segurava, com medo de cair do navio.

"Adeus, meu pai! Adeus, minha mãe! Adeus, Lucia! Adeus, Vidókia!", eu gritava o mais alto que minha voz de menino podia alcançar. As vozes dos tripulantes, os gritos das famílias no cais e os choros lamentosos de todos se misturavam ao som das âncoras sendo levantadas e da buzina do navio. Eu me lembrava das palavras do meu pai antes de sairmos de casa.

"Assaad, meu filho, faça um favor ao seu pai. Nunca diga a ninguém o que aconteceu em nossa casa." Ele me pegou pelo pescoço e me fez olhar em seus olhos. "Uma desgraça como a nossa é para ser enterrada. Ninguém gosta de estar ao lado de gente que vive lamentando as suas tragédias. Vá viver a sua vida e nos esqueça. O Brasil lhe fará bem."

Eu não sabia, mas nunca mais veria aquela paisagem. Em mim, havia o desejo de ficar, ao mesmo tempo que partir me trazia leveza. Deixar o Líbano, que meus antepassados me perdoem o que vou dizer, não apenas era a melhor coisa que eu poderia fazer naquele momento, mas foi a melhor coisa que eu fiz da minha vida. Ouvi um senhor dizer para uma jovem que estava desesperada: "Agora é seguir em frente, reconstruir das ruínas uma vida nova. E, se puder, esqueça o que ficou para trás, para que você possa viver."

Apeguei-me àquelas palavras, assim como às palavras de meu pai e, antes que os rostos de minha mãe, de Samira e das minhas irmãs sumissem, eu me virei para o outro lado, para o oceano, e senti que havia nascido ali, para outra vida que ainda era um mistério para mim. Não olhei mais para trás.

Lembro-me da vastidão do Atlântico. De que me pus a imaginar quais seres poderiam viajar por aquelas águas e de como estávamos nós, naquele navio, protegidos apenas pelo céu e pelas estrelas. O mistério das águas me trazia esperança e medo. A mesma esperança e medo que eu sentia ao pensar nas possibilidades de uma nova vida longe do Líbano.

Lembrei-me do que minha mãe contava sobre o dia em que nasci: "Eu estava com medo quando você nasceu, meu filho. Naquele dia, os soldados turcos invadiram a nossa aldeia e saquearam as casas e levaram os homens mais velhos para escravizá-los com trabalhos pesados, servindo a eles como mulas de carga. Fiquei com medo de que levassem seu pai. Mas Simão escondeu-se. Eles viram que eu estava grávida e me deixaram em paz. Assim que eles foram embora, a bolsa rompeu e você veio ao mundo, um mês antes do previsto, em fevereiro de 1910."

Ainda com poucas horas de viagem, a lembrança do meu nascimento me trouxe minha primeira saudade de casa. As palavras de minha mãe sempre me deixavam inquieto a respeito de qual destino nossa família teria se, naquele dia, os soldados tivessem levado o meu pai.

Na bagagem, eu levava apenas algumas peças de roupa, pouco dinheiro e o poema de Adib. Algumas noites eu fiquei acordado com receio de que o navio afundasse, eu tinha ansiedade para pisar em terra firme. Ao mesmo tempo, uma sensação de liberdade, de mudança, de não ter nada a não ser a mim mesmo me consolava. O pai esperava de mim que vingasse a família, que pudesse mudar o trágico destino de Adib e Rafiq.

Eu tinha medo de tudo, de não honrar meu compromisso, de não trazer paz para o que restou da família. Tinha medo de errar novamente, como errei com aquele soldado.

ASSAAD DEIXA CAIR das mãos o caderno e o lápis. Grita para Karima, diz que está sentindo uma forte dor no peito. Eu estou ali, mas não tenho como ajudá-lo. Assaad se joga no sofá e se contorce. Olha em minha direção como se pedisse socorro. Atrás de mim, a imagem de São Charbel. Karima telefona para um médico. Assaad recupera o fôlego. Ajeita-se no sofá e, por um momento, lembra-se das mãos quentes de Abdul-Bassit. Elas lhe trazem serenidade. Fecha os olhos e resmunga algumas palavras em árabe. Parece uma oração.

Karima apenas o observa, com respeito à sua dor, como sempre faz em suas crises. A campainha toca e Assaad é levado para o hospital da cidade. Eu saio da casa de meu avô e caminho a pé pelo centro de Santa Bárbara D'Oeste. A cidade em 1966 é outra, muito diferente daquela em que vivi minha juventude. Caminho pela antiga praça e, olhando agora, confirmo a minha opinião de que era muito mais bonita na década de 1960 do que é agora. Há uma fonte e um coreto, bancos, árvores e flores. Há silêncio e um movimento harmônico entre as pessoas, a praça e os pássaros. A vida é menos acelerada.

Ainda resiste a autenticidade de uma cidade do interior que, hoje, já não existe mais.

    Entro na igreja matriz e encontro um jornal no chão. Verifico que estamos no dia 15 de dezembro. Assaad tem apenas vinte e cinco dias de vida. Espero que ele tenha tempo para escrever tudo que gostaria de suas memórias. A igreja está vazia. Olho para o altar e me lembro das missas do Padre Vitório, de sua peruca que quase sempre estava desajustada. Quando criança, eu ia às missas com a minha mãe. Certa vez, entediado com a monotonia dos cantos e da ladainha, me pus a balançar para a frente e para trás num banco da igreja. O Padre Vitório tinha a voz abafada e uma dicção ruim. Era tímido. Mas um homem que obtinha a simpatia de todos. Como pôde um sujeito desses se tornar padre? Talvez sua vocação estivesse dentro de um mosteiro. Eu estava ansioso à espera do "Ide em paz e que o Senhor vos acompanhe", para poder comer pipoca e correr na praça. Num erro de cálculo gerado pela minha impaciência, o banco se jogou sobre mim, prendendo-me ao chão. Algumas risadas e outros olhares de reprovação me fizeram chorar olhando para a figura do Cristo pintada no teto da igreja. Eu ouvi o Padre Vitório dizendo: "Senhor, eu não sou digno de que entreis em minha morada, mas dizeis uma só palavra e serei salvo." Nunca mais ouvi esse trecho do Evangelho do mesmo jeito. Sempre que o ouço, me lembro do banco me pressionando contra o chão e da chuva de pipocas que imaginei cobrir o meu corpo, a me ocultar dos olhares de censura.

O Cristo crucificado ao fundo da igreja me trouxe à boca o gosto das esfihas feitas por minha tia-avó, Lucia. Eu me lembro de algumas festas em sua casa em que nos reuníamos para saborear suas famosas esfihas e os charutos feitos com folha de uva. Naquela época, eu imaginava que comungar o corpo de Cristo poderia ser bem melhor com as esfihas de Lucia. Minha mãe dizia que era pecado pensar tal besteira. "Mas é que aquela bolachinha não tem gosto de nada", eu reclamava. "Cristo não pode ser algo sem sabor." Minha mãe aconselhava: "Não diga nunca essas tonteiras a ninguém, meu filho."

Saio da igreja e sigo em direção ao hospital para encontrar Assaad. Caminho por uma das principais avenidas da cidade, a Monte Castelo, e sinto o cheiro de cana queimada. O mesmo cheiro de sempre, de quando eu tinha 16 anos de idade e me imaginava um poeta modernista a escrever versos sobre os postes elétricos e os boias-frias. Os ciscos a manchar as roupas no varal. Ou me imaginava um estrangeiro vindo visitar a cidade e a encontrando vazia. Em verdade, eu sempre me senti um estrangeiro em Santa Bárbara D'Oeste, como os homens da história que Michel me contava.

Dizia ele que, no final do século XIX, três forasteiros vieram à cidade e foram provocados, cercados, mortos e esquartejados. O motivo é que os homens da cidade temiam que forasteiros viessem roubar as suas mulheres. Esse temor ainda hoje percorre o sangue de alguns moços daqui. Em torno da igreja matriz, expuseram seus corpos mutilados e os deixaram à venda. Tamanha estupidez foi amaldiçoada pelo pároco da época, que num gesto bíblico bateu as sandálias, dizendo: "Daqui eu não levo nem o pó." E se foi. Esse episódio ou maldição talvez explique o fato de que a cidade se congelou no centro, sem vida, e cresceu pelas bordas de maneira triunfante.

Por isso, Michel me aconselhava: "Vai embora, segue seu rumo longe daqui, meu filho. Aqui não plante nada. Sua raiz ficará seca e morrerá."

NO QUARTO DO HOSPITAL em que Assaad está internado, Sami, Michel e Martha aguardam a visita do médico. Debaixo do seu travesseiro, reconheço o caderno. Assaad tenta evitar que alguém o questione mais uma vez sobre o que tanto escreve e ajeita o corpo a fim de escondê-lo da curiosidade dos filhos. Martha sai do quarto e Assaad aproveita a sua ausência para pedir a Michel e Sami que deem um fim a sua dor.

"Acabem logo com isso, me matem", ele implora. Mas os filhos não obedecem ao pai desta vez. Assaad insiste, mas eles abaixam a cabeça e o deixam sozinho. Assaad vai até a janela. "É muito alto." Morreria se pulasse. Quem sabe não fosse uma morte mais digna se jogar dali do que ser vítima de um infarto?

O médico lhe diz que será necessária uma cirurgia de emergência, que as paredes das artérias estão tomadas por placas de gordura e que suas veias estão entupidas. Assaad ouve a palavra gordura da boca do médico e se lembra de que para alimentar os carneiros em Zahle era preciso lhes dar a comida com as mãos, para que tivessem boa gordura. Os carneiros gostavam de carinho no queixo. Se a gordura era boa para os carneiros, por que para ele era uma maldição?

A gordura estava em seu sobrenome. Sabia que um dos significados para Maluf era "engordado", de carneiro gordo, de boa gordura. Era o que sempre fizeram os seus ancestrais. Criavam e matavam os carneiros para comer, para usar a sua lã, a sua pele. Era comum se repetir que dos carneiros só não se aproveitava o berro. Mas o que restaria dele para que pudesse servir aos outros? Assaad temia não ter sido útil para ninguém.

NA MADRUGADA de 9 de janeiro de 1967, quinze dias após a cirurgia para tentar salvar o seu coração, Assaad Simão Maluf, meu avô, arranca dos braços os soros, desce da cama e decide fugir do hospital. Eu o sigo. No céu, uma lua minguante envolve uma estrela. Uma lua árabe no céu de Santa Bárbara D'Oeste. Ele volta para sua casa, veste o seu terno cinza, ajeita a gravata, o mesmo terno que usou no casamento dos meus pais, Michel e Cleusa. Contempla Karima dormindo, dá um beijo na testa de Sabri, pega a chave do seu caminhão e segue pela estrada. Assaad está feliz, ri. Algumas lágrimas também descem pelo seu rosto. São inevitáveis. Eu estou com ele. Seguimos lado a lado, avô e neto. Mesmo sem nos conhecermos, estamos juntos. Mesmo sem trocarmos palavra, seguimos.

Eu não faço ideia do que Assaad planeja, mas não me importo. Estou com ele, e isso basta para mim. O sol no horizonte se manifesta. As estrelas se intimidam. Assaad abre a janela e grita:

"Eu já não tenho mais medo de você. Estou livre!"

Não compreendo para quem Assaad dirige suas palavras. Sua euforia é a de um jovem militante. Assaad parece um herói resistindo às forças inimigas do opressor. Nunca o tinha visto em tão bom estado, tinha o entusiasmo de um guerreiro.

Seguimos viagem por mais umas três ou quatro horas, o silêncio só é violado por uma melodia cantada em árabe por Assaad. Sua imagem oscila como se fosse um holograma. Não há mais muito tempo para ele. Logo não estará mais aqui. Mas não posso chegar ao fim sem a sua companhia. Precisamos estar juntos nessa jornada, a única que poderemos seguir lado a lado. Avô e neto. Agora até sinto meu avô como alguém íntimo e familiar.

O céu se preenche de cinza e uma inesperada tempestade de gelo nos obriga a parar. As pedras sovam a lataria do caminhão e o vidro traseiro se parte em minúsculos cacos. O vento arrasta a chuva para dentro e somos banhados pela água gelada. Assaad estaciona no acostamento. Agora está fraco. Abre a porta. Quase tomba e grita:

"Você acha mesmo que esse gelo ridículo pode me parar?" Ele rodopia mantendo o eixo numa das pernas. "Faça nevar, vamos! Eu quero a neve!" Assaad cai no asfalto, leva as mãos ao peito e tensiona os músculos da face. A tempestade cessa do mesmo modo repentino com que nos surpreendeu. Raios tímidos de sol dissipam as nuvens e revelam um novo céu, menos triste. Azul.

Assaad se levanta. Está um pouco fraco ainda. Sabe que precisa prosseguir. Ajeita-se no terno, limpa o rosto molhado com as costas da mão esquerda. Voltamos para a estrada.

Os olhos de Assaad estão diferentes. Parecem mais confiantes agora. Leva a mão ao peito. Uma nova dor. Uma lembrança. Talvez dos filhos, dos irmãos, do pai, da mãe, dos netos que não conhecerá, de Samira, de Abdul-Bassit, de Mustafa. Assaad ri, canta e grita para a estrada vazia. Eu apenas o sigo, como uma sombra, à qual ele não dá importância. Assaad não depende dela para caminhar.

Quilômetros rodados, avistamos um grupo de montanhas. Ele estaciona o caminhão próximo a um bar na beira da estrada, retira debaixo do banco uma garrafa de Arak e pede um copo, água e gelo ao velho senhor que parece surpreso com a nossa aparição. Toma uma dose. Eu creio que Assaad não se importará se eu tomar um gole de sua bebida. O líquido desce por minha garganta carregado de memória. Com a mesma velocidade com que desceu, sobe e se aloja em meu cérebro. Fico espantado com seu efeito, não sou tão fraco assim para bebidas. Vejo, como em sonho, minhas mãos trêmulas forjando o nó de uma corda, depois outra, e Assaad, ainda menino, descendo a montanha em disparada. Olho em seus olhos e nos olhos de sua mãe. Tudo acontece muito rápido, e me recupero dessa visão ouvindo sua risada. Ele se despede do dono do bar e segue em direção à trilha para o alto da montanha. Pega o caderno de suas memórias de dentro do paletó, úmido, e corre, abrindo passagem na mata. Eu o sigo. Desfaz o nó da gravata, se livra dos sapatos, desabotoa a camisa. Os passos contados no caminho da montanha. Dois quilômetros até alcançarmos o topo.

De lá avistamos um vilarejo. Assaad rasga as páginas do seu caderno e deixa que o vento as leve. Flutuam imitando pássaros. "Libertem-se!" Sua voz agita o silêncio. Deita-se ao chão, sua respiração é seca. Ele tosse. Chora e ri ao mesmo tempo. As mãos ao peito. Retira do bolso interno do paletó uma adaga. A mesma adaga com que matou aquele soldado, em Zahle.

Eu fico pensando na visão que tive no bar. Em minhas mãos forjando os nós. Sinto-me envergonhado diante do meu avô, ao mesmo tempo em que compreendo o real motivo pelo qual Assaad me trouxe até aqui. Ele sempre soube quem eu era. Sempre soube da minha presença, fingiu não saber que eu o acompanhava, ensaiou este momento. Nós dois ali, no topo da montanha. A revelação de que fora eu, numa outra vida, quem compôs os nós que enforcaram Adib e Rafiq.

Assaad olha para mim. Levanta-se e caminha em minha direção. "Eu sei quem você é." Ele me vê. Ele sempre me viu. Eu me calo. Tento me aproximar para lhe dar um abraço. Ele se afasta. "Não me diga nada." E se vira. "Tome." Estende a mão com a adaga para que eu a pegue.

"Por favor, me mate", ele pede. Eu hesito. O mesmo pedido que fez a Sami e a Michel.

"Não vá me decepcionar, não agora. Você já deveria ter feito isso." Ele insiste.

"Mas eu não posso."

"Então por que você ficou lá, feito um idiota, apenas observando a morte vir e levar com ela os meus irmãos?" Eu não soube dizer nada. Não encontrei nenhuma palavra que se encaixasse e pudesse me redimir de seu questionamento. Deixei apenas escapar, do mesmo jeito idiota, um suspiro.

"Mas." E tive a sensação de que já havia dito aquilo em outro momento.

"Não cometa duas vezes o mesmo erro. Não me deixe aqui sozinho com a minha dor."

Assaad estende mais uma vez a mão e exige que eu pegue a adaga.

Eu resisto à ideia. Não posso fazer o que ele me pede. Ele segue até uma grande pedra e se deita. Retira do bolso da calça o poema escrito por Adib. Fica alguns minutos concentrado naquelas palavras borradas pela tempestade e pelo tempo.

"Não seja tolo", ele me diz. "Eu já perdi o medo."

"Perdeu o medo do quê?"

"Perdi, enfim, o medo de estar aqui, de caminhar sem saber para onde, de tropeçar, de entediar-me, de ganhar e de perder, de não cumprir o desejo de Simão, meu pai, da corda amarrada aos pescoços de Adib e Rafiq, perdi o medo de minha mãe com suas mãos cheias de terra, de dizer e não dizer. Eu perdi o medo das minhas memórias e do meu coração, com suas veias entupidas. Eu perdi o medo do céu e do inferno. Eu perdi o medo da morte. Eu perdi o medo de você, meu neto. Estou livre."

As palavras de Assaad não me encorajam. Elas não são o suficiente para que eu assuma a sua morte. Abaixo a cabeça em sinal negativo à sua súplica. Ele me puxa pelo braço e, com a mão aberta, marca o meu rosto. Seu olhar está carregado de raiva e desespero. O sangue percorre veloz o meu corpo. Pego a adaga e sinto sua lâmina fria em minhas mãos. Vou para cima dele com um ódio desconhecido para mim até então e não o decepciono.

Carneiros irrompem vindos de toda parte. E berram. O vilarejo, lá embaixo, se inunda. As águas explodem nas montanhas. Alguns carneiros são levados pelas ondas e se debatem num esforço pela sobrevivência. As ondas se embrutecem. Assaad também grita. Berra. Por alguns minutos, chego a pensar que seremos engolidos também. Uma gota de água trazida pelo vento toca os meus lábios. É salgada.

"Está consumado. Agora você também está livre." Assaad parece calmo.

O seu corpo, antes de sua alma se libertar, oscila entre a imagem do homem que é e o corpo de um carneiro. Assaad segura em minha mão esquerda. Sorri mais uma vez e diz: "Veremos." O seu último sopro faz o seu corpo inteiro tremer. Fecho os seus olhos e me deito ao seu lado e sonho com o dia do meu nascimento. Pela primeira vez desde que decidi acompanhar meu avô em suas memórias, eu me sinto leve, o meu sangue parece se afinar em minhas veias, uma força preenche o meu corpo e me faz saber que eu estou ali. Inteiro. Pleno. Não sendo neto, nem carrasco. Apenas existindo.

Desço a montanha sem olhar para trás, do mesmo modo como fez Assaad quando embarcou naquele navio, em Beirute. Não sei exatamente para onde irei. Apenas caminho com confiança, sem medo dos meus passos. Os berros dos carneiros se perdem abafados pelas árvores. Só ouço as ondas. Olho para as minhas mãos e ainda seguro a adaga. Compreendo, olhando para a sua lâmina manchada, que esse ainda não é o fim. Há algo, um gesto necessário a se fazer.

Atravesso a adaga em meu peito. Um corte preciso e profundo, atingindo o coração. E esqueço-me da dor. Esqueço o meu nome, a minha forma. Esqueço-me dos meus pais, dos meus irmãos. Não há nada. Nenhum segredo, nenhum medo, nenhuma história para ser contada. Apenas o silêncio e o vazio ao qual me uno e me sinto completo. Não há luz, nem escuridão. A morte é outra coisa, diferente de tudo que conhecemos. Eu estou aqui.

Apenas o movimento das ondas me interessa agora.

❦

Agradecimentos

Agradeço a Daniela Pinotti, por ser companheira nessa jornada, por seu cuidado e presença luminosa em minha existência. Por ter acompanhado todo o processo de escrita desde os primeiros esboços. Pelos comentários, sugestões e apontamentos. Por continuar acreditando. A Claudio Brites, pela leitura crítica e clínica, pelas conversas, conselhos e amizade. Pela força de sempre. A Safa Jubran, pela leitura afetiva e poética, pelas sugestões e apontamentos nas grafias dos nomes de origem árabe e pela amizade recente e inspiradora. A Petê Rissatti, pela leitura generosa, pelas percepções sensíveis e amizade. A Marco, César e Cristiane, meus irmãos. Aos meus tios e primos, que, de algum modo, escreveram junto comigo. Em especial, a minha mãe, Cleusa Alexandre Maluf, com quem tive longas conversas ao telefone, contando e ouvindo histórias sobre a família, mas que se foi antes da publicação deste livro. A meu tio Same, por ter me contado o episódio que deu origem a esta narrativa. Aos leitores todos. Amém.

De humana physiognomonia, 1586,
por Giambattista della Porta — domínio público

CONHEÇA OUTROS LIVROS

**AUTOR FINALISTA
DO PRÊMIO JABUTI**

Enquanto caminha pelo palco, ou pela sua imaginação dramatizada, Elias Ghandour passa a sua vida a limpo seguindo as marés imprevisíveis da sua memória. Sua sexualidade, seus pais e sua irmã, sua família, seu amante e suas amizades nos são apresentados sob o pano de fundo histórico não só da vida social brasileira, como também da origem árabe do narrador. Ghandour procura tanto um balanço da sua vida, quanto um pleno conhecimento de si.

**AUTOR VENCEDOR DO PRÊMIO
SÃO PAULO DE LITERATURA**

Enquanto não se domina o objeto do desejo, se deseja; quando se vence, não se quer mais. Os amantes esgrimam sem descanso: o homem e a mulher, a gata e o rato. Em seu banquete platônico, talvez aristotélico, debatem Arte e as categorias da mimesis.